괴물
포식자

괴물 포식자 8

철순 장편소설

초판 1쇄 찍은 날 § 2016년 11월 1일
초판 1쇄 펴낸 날 § 2016년 11월 8일

지은이 § 철순
펴낸이 § 서경석

편집책임 § 조현우

펴낸곳 § 도서출판 청어람
등록번호 § 제387-1999-000006호
등록일자 § 1999. 5. 31
어람번호 § 제1-2555호

주소 § 경기도 부천시 원미구 부일로 483번길 40 서경B/D 3F (우) 14640
전화 § 032-656-4452 팩스 § 032-656-4453
http://www.chungeoram.com
E-mail § chungeorambook@daum.net

ISBN 979-11-04-91028-9 04810
ISBN 979-11-04-90817-0 (세트)

괴물포식자

8

철순 장편소설

FUSION FANTASTIC STORY

도서출판 청람

괴물
포식자

Contents

제1장

새로운 힘 II

쿠우웅!

신혁돈의 위해머가 바람을 타고 우든 호스의 붉은 뿔을 후려쳤다.

다른 패턴 몬스터들과 달리 이마에 패턴이 있는 것이 아닌, 뿔이 붉게 빛나고 있는 패턴 몬스터였다.

뿔이 강화된 우든 호스는 신혁돈의 일격에도 머리를 흔들 뿐, 큰 타격을 받은 것 같아 보이지 않았다.

"까각!"

머리를 두어 번 흔들어 충격을 털어낸 우든 호스가 기성을 내지르며 신혁돈에게 달려들었다.

그래봤자 말의 형상.

뿔을 앞세운 몸통 박치기 같은 단순한 패턴에 당할 신혁돈이 아니었다.

빠르게 돌진해오는 공격을 피해낸 신혁돈이 패턴 우든 호스의 뒤통수를 후려쳤다.

콰직!

뿔이 아닌 다른 몸은 강화된 상태가 아닌지 신혁돈의 위해머에 맞은 뒤통수가 크게 패였고 패턴 우든 호스가 바닥에 나동그라졌다.

승기를 잡은 신혁돈은 바람의 힘을 이용해 몸을 한 바퀴 돌리며 추진력을 얻었고 다시 한 번 위해머를 휘둘렀다.

쾅!

패턴 우든 호스는 몸을 일으키려다 관자놀이를 후려치는 위해머를 얻어맞고는 쓰러지고 말았다.

쾅! 쾅! 쾅!

패턴 우든 호스의 머리 위에 선 신혁돈은 괴물이 다시 일어서지 못하도록 쉴 새 없이 위해머를 후려쳤다.

그사이 도시락에서 뛰어내린 패러독스의 길드원들이 전투에 참여했다.

새로운 힘을 얻은 윤태수는 고르곤의 분노와 금속으로 만들어진 오른손을 이용해 근거리와 원거리 공격을 자유자재로 조절하며 전투를 펼쳤다.

그에 뒤질세라 세 떨거지들 또한 합격진을 이루어 검을 휘두르며 우든 호스들을 학살해 나갔다.

김민희는 메이지 계열의 앞에 서서 그들을 지키며 이번에 새로 얻은 아이템 아엘로의 창을 10개로 분할시켜 우든 호스들을 사냥하고 있었다.

그녀의 뒤로는 메이지 계열인 백종화와 안지혜가 마법을 퍼부어대고 있었으며 제일 뒤에는 홍서현과 이서윤이 서서 버프를 주고 있었다.

이제는 익숙해진 진형에 전부가 자리를 잡은 채 전투를 벌였고 신혁돈이 패턴 우든 호스를 처리하고 얼마 지나지 않아 모든 우든 호스가 정리되었다.

길드원들이 에르그 코어를 흡수하는 동안 신혁돈은 우든 호스의 에르그 기관을 섭취했고 우든 호스의 육체와 정신 스킬을 얻을 수 있었다.

"몸이 단단하긴 한데 좀 멍청하네."

윤태수가 내린 우든 호스에 대한 한 줄 평에 모두가 공감했다.

머리를 쓸 줄 아는 하피들에 비하면 너무나 쉬운 상대였다. 몸풀기조차 되지 않은 찝찝한 느낌에 길드원들은 주변을 둘러보며 다른 괴물이 있나 살폈다.

그사이, 모든 우든 호스의 에르그 기관을 섭취한 신혁돈이 길드원들에게 말했다.

"여기서 팀을 세 개로 나눈다."

우두머리가 등장하는 아웃랜드 내부 지역이라면 모두가 뭉쳐 다니는 게 맞지만 외곽에서는 전력의 낭비나 다름없기에 내린 선택이었다.

신혁돈의 말에 윤태수는 아공간을 열어 인원수의 맞게 무전기를 꺼내 나누어주며 말했다.

"어깨에 달아두면 되고 사용법은……."

무전기의 사용 방법을 알려준 뒤 팀을 나누었다.

윤태수와 안지혜. 김민희과 이서윤이 한 팀을 이루었으며 백종화와 세 떨거지. 홍서현이 한 팀을 이루었다.

신혁돈과 도시락은 개별 행동을 할 것이었기에 따로 팀을 꾸리지 않았다.

팀을 모두 나눈 윤태수가 무전기를 어깨에 채운 뒤 전원을 올리며 말했다.

"무전기라 말하긴 했지만 위성을 통해 통신하는 방식이니 거리는 상관없습니다. 통신 시간의 지연이 있을 수 있으니 말한 뒤 5초는 기다려 주시고……."

윤태수가 다시 한 번 설명을 마치자 신혁돈이 방향을 알려주었다.

신혁돈은 직선으로 남하하고 나머지 길드원들은 동남쪽과 서남쪽으로 크게 원을 그리며 남하하는 방식의 작전이었다.

그러다 홀로 처리할 수 없는 괴물을 만난다면 가까이 있는

이들이 지원을 가는 방식이며 하늘을 나는 도시락이 이들의
보험이 될 것이다.

일행이 출발 준비를 마치자 윤태수는 각자의 방향을 정해
주었다.

이들의 목적은 몬스터를 괴멸시키는 것이 아닌, 어떤 몬스
터들이 있으며 어느 지점부터 강해지는지, 우두머리는 어느
곳에 존재하는지를 찾기 위한 정찰의 개념이 강했다.

"일단 12시간 뒤 이곳. 바르키시메토에서 합류합시다."

윤태수의 말을 마지막으로 두 팀이 각자의 방향으로 출발
했다.

그들이 출발하는 것을 본 신혁돈은 잠식이 끝날 때까지 기
다리다가 세뿔가시벌레 몬스터 폼을 발동시킨 뒤 날개를 펴
고 날아올랐다.

*   *   *

패러독스가 제일 먼저 발을 들인 곳은 과거 베네수엘라로
불렸던 남미 최북단의 나라였다.

면적은 한국의 9.2배에 달하며 미국의 대평원을 연상시키는
광활한 평원 지대를 가진 나라이기도 하다.

남미의 나라답게 빼어난 자연경관을 가지고 있지만 신혁돈
의 눈에는 귀찮은 수풀들일 뿐이다.

신혁돈은 세뿔가시벌레의 몬스터 폼을 해제한 채 대평원을 걷고 있었다.

인간의 손이 닿지 않은 지 일 년 정도밖에 지나지 않았지만 에르그 에너지 덕인지 수풀들이 2미터 넘게 자라 있었다.

'왼쪽?'

아니 뒤다.

"가가각!"

타닥!

짧은 발소리와 함께 우든 호스 한 마리가 뿔을 드밀며 달려들었고 신혁돈은 뒤로 돎과 동시에 워해머로 우든 호스의 머리를 깨부쉈다.

우드득!

나무가 부러지는 소리와 비슷한 파육음과 함께 머리가 박살 난 우든 호스가 땅바닥을 구르며 수풀들을 깔아뭉갰다.

쾅!

확인 사살을 마친 신혁돈은 심장을 갈라 에그르 기관을 꺼낸 뒤 혀를 찼다.

"쯧."

편히 날아갈 수 있는 날개를 두고 굳이 걸어서 이동하고 있는 이유.

우든 호스의 특성 때문이었다.

우든 호스들은 태생이 말이라 그런지 겁이 많았고 자신들이 상대할 수 있는 상대가 아닌 포식자가 나타났다하면 그대로 숨어버린다.

숲과 수풀 사이에 숨은 우든 호스는 발달된 신혁돈의 감각으로도 찾기 힘들 정도. 그렇기에 바닥으로 내려와 한 마리씩 사냥을 하고 있는 것이었다.

굳이 이럴 필요까진 없었다.

우든 호스는 강력한 괴물이 아니기에 올마이티 본대가 온 뒤에 일괄적으로 쓸어버려도 상관없는 괴물이다.

하지만 신혁돈은 궁금했다.

이놈들은 어떤 스킬을 가지고 있을지, 어떤 육체를 가져다줄지에 대해서.

[우든 호스]
—우든 호스의 육체 (Rank E, Rare, Active)
—우든 호스의 정신 (Rank F, Rare, Passive)
분배 가능 포인트 : 0

우든 호스의 육체 스킬을 E 랭크로 올려본 신혁돈은 잠시서서 계산을 했고 계산을 마친 신혁돈이 천천히 고개를 끄덕였다.

'앞으로 400마리라.'

육체와 정신 전부 A 랭크를 달성하기 위해서는 패턴이 없는 일반 우든 호스를 400마리를 잡아야 한다는 결론이 나왔다.

우든 호스의 에르그 기관을 섭취를 끝낸 신혁돈은 다시 걷기 시작했다.

약속 시간까지 남은 시간은 11시간.

그 안에 400마리를 사냥하려면 쉴 시간이 없다.

동남쪽으로 남하를 시작한 윤태수는 고개를 돌려 뒤에서 따라오는 세 여자와 하나의 금속 덩어리를 바라보았다.

'어쩌다 보니 꽃밭이네.'

절대 사심이 담긴 것이 아니라 각자의 전투력을 비교해 완벽한 비율로 짠 팀이었다.

고개를 휘휘 저어 잡념을 털어낸 윤태수의 시야에 우든 호스 무리 하나가 들어왔다.

"베네수엘라는 우든 호스의 땅인가 봅니다."

"그러게요."

"잡고 갑시다."

윤태수의 말에 세 여자가 고개를 끄덕였다. 그들 또한 뒤통수에 괴물을 단 채 전진하는 것은 사양이었기 때문이다.

윤태수와 골렘이 앞장서고 그 뒤에 김민희가 두 명의 메이지를 지키는 형식으로 진을 형성했다.

모래시계와도 같은 모양으로, 모래시계의 허리에 해당하는 김민희의 역할이 가장 중요한 진이었다.

김민희 또한 그것을 아는 지 자신의 몸보다 큰 방패를 땅에 박아 비스듬히 세우고서는 양손을 휘저었다.

그러자 그녀의 등에 메여 있던 아엘로의 창이 천천히 그녀의 주변을 장악하기 시작했다.

"이젠 잘 다루네?"

뒤에서 들려오는 안지혜의 목소리에 김민희가 어색하게 미소를 지었다.

"그럼 앞 좀 부탁해."

말을 마친 안지혜가 한 손에 하나씩 두 개의 수정구를 손위로 올렸다.

저번 로스카란토의 차원에서 얻은 유니크 아이템 '쌍둥이 수정구'.

별다른 스킬이 붙어 있는 것은 아니었지만 메이지 계열이라면 누구라도 침을 흘릴 '에르그 에너지 증폭' 능력이 붙어 있는 아이템이었다.

안지혜가 일으킨 에르그 에너지가 쌍둥이 수정구로 흘러들어가자 에르그 에너지는 두 개의 수정구를 오가며 더욱 증폭되었고 에르그 에너지의 증폭률이 최대에 달한 순간.

안지혜가 외쳤다.

"거인의 손."

그녀의 목소리와 동시에 땅속에서 거인이 일어서듯 땅거죽을 뚫고 두 개의 거대한 팔뚝이 튀어나왔다.

"모두 죽여라."

기둥처럼 솟아난 두 개의 팔뚝이 빠르게 움직이며 우든 호스들을 내리찍고 찢어발겼다.

입을 벌린 채 멍하니 그 광경을 지켜보던 이서윤이 말했다.

"지혜 씨도… 엄청 강해지셨네요."

"그 인간들 따라다니다 보니까 이렇게 되었네요."

안지혜는 거인의 손을 컨트롤하기 위해 쉴 새 없이 손을 움직이면서도 여유가 있는지 이서윤의 말에 대답해 주었다.

이서윤의 마법진과 골렘은 쓸 시간조차 없었다.

안지혜가 불러낸 거인의 손이 한 번 움직일 때마다 십 수 마리의 우든 호스가 쓸려 나가는 바람에 윤태수와 김민희는 별다른 활약도 해보지 못한 채로 전투가 종료되었다.

"닭 잡는 데 소 잡는 칼을 쓰는 그런 기분입니다."

윤태수의 농담에 미소를 흘린 일행은 시체들을 뒤로한 채 다시 목적지를 향해 이동하기 시작했다.

＊   ＊   ＊

언덕에 올라 주변을 살피던 백종화가 우든 호스 무리를 발견하고선 말했다.

"몇 마리지?"

"마흔… 한 쉰 마리 정도 될 것 같습니다."

그의 말에 고준영이 답했고 뒤이어 도착한 홍서현이 물었다.

"잡고 갈까요?"

"뒤에 두는 건 찝찝하니 그래야겠죠."

백종화의 말에 세 떨거지의 얼굴이 밝아졌다.

"너흰 왜 웃냐."

그의 말에 고준영이 미소를 흘리며 대답했다.

"이거 써보고 싶어서 안달이 났지 말입니다."

시퍼런 예기를 뿜는 검을 뽑은 채 미소를 짓고 있는 모습이 기괴하기 짝이 없었다.

고준영뿐만 아니라 한연수와 민강태 또한 이번에 얻은 유니크 아이템을 사용하고 싶어 안달이 난 모습이었다.

백종화는 헛웃음을 흘린 뒤 턱짓으로 우든 호스 무리를 가리켰고 그 순간 세 사람이 우든 호스를 향해 달려 나갔다.

"남자들이란……."

홍서현은 혀를 차면서도 자기 키만 한 지팡이를 꺼내들고서는 가이아의 축복을 시전해 주었다.

노란색과 빨간색. 그리고 초록색 빛줄기가 세 사람의 몸에 깃들자 그들은 더욱더 빠르게 땅을 박차며 우든 호스를 향해 달려들었다.

"으라!"

"그가가!"

제일 먼저 도착한 고준영은 서양의 검인 바스타드 소드와 비슷하게 생긴 양손 검을 크게 휘둘렀다.

후웅!

그의 공격에 맞추어 우든 호스 또한 대가리를 휘둘러 뿔로 받아치려 했다.

서걱!

허나 부딪히기 직전. 고준영의 검이 푸른빛을 띠었고 그 순간, 고준영의 검이 뿔과 함께 우든 호스의 머리를 잘라냈다.

"크헤헤!"

미친 사람 같은 웃음을 흘린 고준영이 날뛰기 시작했고 그에 뒤질세라 두 명 또한 각자의 검을 들고 날뛰기 시작했다.

유니크 등급의 무기는 어마어마한 공격력을 자랑했고 우든 호스들은 별다른 저항도 하지 못하고 목을 썰렸다.

혹시 모를 사태에 대비해 언령을 준비하던 백종화가 긴장을 풀었을 때.

모두의 무전기에서 윤태수의 목소리가 흘러 나왔다.

─치직. 여긴 윤태수. 우두머리로 추정되는 개체 발견. 지원 요청합니다.

그 순간.

"까아아악!"

멀리서 도시락의 울음소리가 들렸고 얼마 지나지 않아 도시락의 검은 동체가 그들을 태우기 위해 날아오는 것이 보였다.

*   *   *

2미터가 넘는 초목이 우거져 시야가 좁다.

평소와 같은 상황이었다면 절대 들어오지 않을 초목 지대였으나 지금은 어쩔 수 없었다.

"온몸이 빨간 걸 보면… 육체 강화 계열 패턴 몬스터로 보입니다."

윤태수가 목소리를 낮춘 채 무전기에 대고 말했다.

초목 지대의 끝, 불뚝 솟아 있는 붉은 우든 호스 한 마리가 보였다.

머리 높이가 3미터 정도 되어 보이고 그 위로 솟아 있는 뿔의 길이만 1미터는 되어 보였다.

가장 특이한 점은 새빨갛다 못해 타오르고 있는 듯 보이는 몸체였다.

"우두머릴까요?"

"그런 것 같습니다."

새빨간 우든 호스와의 거리는 100미터 남짓. 그런데도 괴물의 몸에서 흘러나오는 에르그 에너지가 여기까지 느껴졌다.

우두머리 우든 호스를 발견한 순간. 윤태수 팀은 곧바로 초목 지대로 몸을 숨겼으나 윤태수 팀의 에르그 에너지를 느낀 것인지 우두머리는 곧바로 그들을 따라 초목 지대로 들어왔다.

그리곤 수색을 하듯 뿔로 초목 지대를 찌르며 윤태수 팀이 있는 곳을 향해 걸어오고 있었다.

"도망치긴 글렀고."

윤태수 팀이 우두머리를 발견하고 몸을 숨긴 순간, 우두머리가 초목 지대를 향해 달려올 때 보인 속도는 날아다니는 신혁돈의 속도와 맞먹을 정도로 빨랐다.

그런 놈을 상대로 도망친다는 것은 어불성설.

즉, 싸워야 한다.

문제는 저놈이 얼마나 강한지 감조차 잡히지 않는다는 것.

게다가 어느새 그들을 둘러싼 우든 호스들의 수가 수십을 넘어서고 있다.

"어쩌죠?"

멍청하기 그지없던 우든 호스 놈들이 우두머리가 나타난 순간 포위망을 만들고 천천히 좁혀오고 있다.

"시간을 끌죠."

윤태수의 말과 동시에 무전기에서 백종화의 목소리가 흘러나왔다.

—치직. 도시락과 함께 날아가고 있다. 7분 뒤 도착 예정.

7분이라.

김민희와 윤태수. 그리고 골렘 셋이라면 충분히 버틸 수 있을 것이다.

문제는 안지혜와 이서윤.

난전이 벌어지는 순간 두 사람이 위험해진다.

윤태수는 안지혜를 바라보며 물었다.

"7분 정도 버틸 방어막을 만들 수 있습니까?"

"우두머리의 공격력에 따라 달라요."

"제가 우두머리의 시선을 끌게요."

안지혜의 말에 굳은 얼굴을 한 김민희가 답했다. 열 개의 창과 방패. 그리고 죽지 않는 몸이라면 7분 정도는 충분할 것 같았기에 윤태수가 고개를 끄덕였다.

"서윤 씨, 골렘을 민희한테 붙여주세요. 나머지 우든 호스들은 제가 맡아보겠습니다."

이서윤이 입술을 깨문 뒤 고개를 끄덕이자 윤태수가 마주 고개를 끄덕이곤 말했다.

"그럼 갑시다."

말을 마친 순간.

고르곤의 흉갑이 자라나듯 윤태수의 몸을 감쌌고, 그 순간 윤태수가 초목을 가르며 우두머리의 반대 방향으로 달려 나가기 시작했다.

그 순간.

김민희와 골렘이 우두머리를 향해 달렸다. 김민희는 부지런히 다리를 움직이면서 열 개의 창을 움직여 우두머리의 눈을 노렸다.

"가가각!"

100미터가 넘던 거리가 찰나의 순간에 줄어든 순간.

픽! 피피피픽!

김민희의 창이 우두머리의 몸에 꽂혔다. 우두머리는 자신의 몸을 두드리는 창을 무시하려다 생각보다 깊게 파고드는 창에 화들짝 놀라며 몸을 흔들었다.

잠깐의 틈이 생긴 순간.

골렘이 우두머리의 머리를 노리고 뛰어올랐고 김민희는 우두머리의 머리 앞을 막아섰다.

"각각!"

나무를 부러뜨리는 소리 같은 울음을 뱉은 우두머리의 몸이 붉다 못해 검게 물든 순간.

퍼엉!

우두머리의 입에서 에르그 에너지의 폭발이 일어났다.

폭발을 피하지 못한 골렘이 나동그라지고 그 틈을 김민희가 메꿨다.

텅! 텅!

김민희는 우두머리가 속도를 내지 못하도록 가시가 달린 방패를 들이밀며 진로를 막았다.

화가 난 우두머리가 뿔을 흔들어대며 에르그 에너지 폭발을 일으켜댔지만 김민희의 방패를 뚫진 못했다.

"가가가각!"

이를 다다닥 부딪친 우두머리가 크게 포효하며 우든 호스들을 불렀다.

하지만 수십 마리의 우든 호스들은 단 두 명의 인간에게 막혀 가까이 오지 못하고 있었다.

"거인의 손!"

땅에서 솟아난 거인의 손 하나가 벽을 만들 듯 우든 호스들을 막아냈고 그 사이를 뚫고 나오는 우든 호스들은 윤태수의 검과 고르곤의 분노에 쓰러졌다.

그마저도 뚫고 달려드는 우든 호스들은 이서윤이 설치해둔 지뢰 마법진을 밟고 발목을 잃고 바닥에 나동그라졌다.

'됐다!'

이 정도라면 시간을 끌 수 있다!

그 순간.

"닥닥다닥."

윤태수를 비웃기라도 하듯 우두머리가 이를 부딪쳤다. 그리고 우두머리의 몸에서 어마어마한 양의 에르그 에너지가 흘러나오기 시작했다.

"…맙소사."

에르그 에너지는 순식간에 열기로 변했고, 손을 쓸 새도 없이 우두머리의 몸이 불타올랐다.

자신의 주변을 휘감는 불길에 당황한 김민희가 뒤로 물러선 순간.

우두머리는 김민희의 방패를 발판 삼아 뛰어올랐고 단 한 번의 도약으로 이서윤과 안지혜의 앞에 도착했다.

"닥닥!"

우두머리의 이가 부딪히며 불길이 피어오르는 것을 코앞에서 발견한 안지혜는 이서윤의 팔을 잡아채 자신 쪽으로 끌어당기며 주저앉았다.

"감싸!"

그와 동시에 땅에서 솟아난 거대한 손이 깍지를 끼며 두 사람을 감쌌다. 간발의 차이로 불길이 흙으로 만들어진 거인의 손을 덮쳤다.

화르르륵!

우두머리는 거인의 손과 함께 두 사람을 녹여 버리겠다는 듯 계속해서 불을 뿜어댔지만 괴물의 의도대로 흘러가게 둘이들이 아니었다.

다다다다!

어느새 정신을 차린 김민희의 창이 쉴 새 없이 우두머리의 몸을 노렸고 골렘 또한 몸을 사리지 않고 불길을 향해 몸을 던졌다.

"가가가!"

우두머리는 불을 뿜던 것을 멈추고 김민희를 향해 달려들었다. 날카로운 뿔이 그녀의 방패를 노렸고 김민희는 자신의 방패를 믿고 몸을 웅크렸다.

콰드드드!

뿔이 방패를 긁고 지나간 순간. 김민희의 다리가 망치질 당한 못처럼 땅에 박혔다.

우두머리는 마치 그것을 노렸다는 듯 뿔을 하늘로 치켜듦과 동시에 굳건한 두 다리로 김민희의 방패를 내리 찍었다.

쾅! 쾅! 쾅!

"컥!"

방패로 가리고 있다지만 거대한 발굽으로 내리찍는 충격을 완벽히 막아낼 수 있을 리가 없었다.

충격에 내장이 진탕이 되었는지 김민희의 입에서 피가 흘러나왔다. 그런 와중에도 김민희는 방패를 놓지 않았다.

방패를 놓치는 순간. 저 발굽이 곧바로 김민희를 곤죽으로 만들 것이 분명했기 때문이다.

자신이 오래 버티면 버틸수록 일행이 버틸 수 있는 시간이 길어진다.

이를 악문 김민희는 잇새로 흐르는 핏물을 느끼며 방패를 쥔 손에 힘을 더했다.

쩌적!

방패에 돋아 있는 가시가 부러지고 금이 간 순간.

드드드드드드!

하늘을 울리는 날갯짓 소리가 모두의 귀에 박혔다.

그 순간.

콰앙!

유성이 떨어지듯 엄청난 속도로 떨어져 내린 신혁돈이 위해 머로 우두머리의 머리를 후려쳤다.

불의의 일격을 얻어맞은 우두머리가 정신을 차리지 못하고 머리를 흔들고 있을 때.

"일어날 수 있나?"

바닥에 박힌 방패를 들어낸 신혁돈이 김민희에게 물었다. 허리가 기이한 각도로 꺾인 김민희는 자신의 허리를 보고선 눈을 꾹 감으며 말했다.

"아뇨."

"조금만 버텨라."

신혁돈은 방패로 김민희를 덮어준 뒤 돌아섰다.

"가가가!"

그제야 정신을 차린 우두머리가 포효와 함께 불을 뿜은 순간.

순식간에 거리를 좁힌 신혁돈이 우두머리의 다리를 바깥으로 후려쳤다.

"꺽!"

포효가 끝나기도 전에 또다시 얻어맞은 우두머리의 중심이 흐트러졌다. 신혁돈은 그 틈을 집요히 노렸다.

쾅! 쾅! 쾅!

엄청난 공격력을 지닌 신혁돈의 워해머가 쉴 새 없이 우두머리의 몸을 두들겼으나 우두머리는 쓰러질 듯 쓰러지지 않으며 버텨냈다.

'공격력이 모자라다.'

고르곤을 잡았을 때 느꼈던 답답함이 또다시 느껴지고 있었다. 우두머리의 높은 방어력 때문에 공격이 제대로 박히지 않고 있었다.

신혁돈과 우두머리의 지지부진한 공방이 계속되던 차, 도시락이 포효하며 도착하자 우두머리가 뒤로 크게 물러서며 마주 포효했다.

"까아악!"

"가가가가!"

일행들이 등에서 뛰어내린 순간 도시락이 우두머리에게 달려들었다.

도시락은 거대한 불덩이를 내뱉어 우두머리의 시야를 가림과 동시에 발톱으로 우두머리의 몸통을 쥐었다.

그리곤 날카로운 부리로 우두머리의 대가리를 쪼기 시작했다.

당황한 우두머리가 벗어나기 위해 몸부림을 쳤으나 도시락의 엄청난 악력 아래 의미 없는 행동이 되어버렸다.

"괴물엔 괴물이 답인가?"

그사이 모든 우든 호스를 정리하고 돕기 위해 다가오던 윤태수가 허탈한 목소리로 읊조렸다.

"까아아악!"

힘으론 벗어날 수 없다는 것을 깨달은 우두머리가 또다시 온몸에서 불길을 피어 올렸다. 도시락은 발가락이 타들어가는 고통에 화들짝 놀라며 우두머리를 놓아버렸고 우두머리는 훌쩍 뛰어 거리를 벌렸다.

등이 반쯤 파여 등뼈가 보이고 한쪽 눈 또한 깊게 패여 피를 줄줄 흘리고 있었다.

우두머리는 마지막 에르그 에너지를 태우듯 엄청난 열기를 내뿜고 있었는데 어찌나 뜨거운지 우두머리가 딛고 있는 땅이 녹아들고 있었다.

"위험한데."

만약 우두머리가 한 사람을 노리고 달려든다면?

그 순간을 캐치해 막아내긴 힘들 것이고 치이는 순간 목숨을 잃을 수도 있다.

그것을 깨달은 신혁돈이 워해머를 고쳐 쥐었다.

넓은 해머 면이 아닌 송곳 부분이 앞으로 오게 쥔 신혁돈이 곧바로 카모플라쥬를 발동시켰고 그와 동시에 세뿔가시벌레의 날개를 펼치며 우두머리의 머리를 향해 날았다.

찰나의 순간.

신혁돈이 자신에게 달려드는 것을 깨달은 우두머리가 도움닫기를 했고 우두머리의 몸이 총알처럼 쏘아졌다.

서로를 향해 달리던 속도가 합쳐지자 어마어마한 힘이 발생했고 모든 대미지가 송곳의 끝에 집중되었다.

그와 동시에 시야에서 사라진 신혁돈이 워해머의 송곳 부분으로 우두머리의 턱을 후려쳤다.

쩍! 투두둑!

패러독스를 향해 달려들던 우두머리의 머리가 그대로 뜯어져 워해머의 송곳부분에 걸렸다.

머리를 잃은 몸은 관성을 이기지 못하고 한참을 달리다 균형을 잃고 수목들을 뭉개며 바닥을 굴렀다.

"…후."

툭.

신혁돈의 짧은 한숨과 함께 송곳 끝에 걸린 우두머리의 머리가 바닥으로 떨어졌다.

"어찌어찌 이겼네."

"그러게."

뒤늦게 도착한 이들은 곧바로 김민희를 보살피기 시작했고 신혁돈은 우든 호스 우두머리의 시체를 살폈다.

그사이 윤태수가 다가오며 말했다.

"민희가 완전 땅에 박혔습니다. 허리도 돌아가고 다리도 부러져서 꺼내주려면 시간이 좀 걸릴 것 같습니다. 그건 그렇고 이거 보셨습니까? 방패가 아주 아작 났습니다."

윤태수는 신혁돈의 옆에 방패를 내려놓으며 말을 이었다.

"유니크 등급을 무슨 나무장작 패듯이 쪼개놨지 말입니다. 그건 그렇고 뭐하십니까?"

평소 같았다면 심장을 갈라 에르그 기관을 빼먹고 시체는 거들떠도 보지 않던 신혁돈이다.

헌데 지금은 시체를 도축하듯 조각을 내고 있었다.

신혁돈은 대답하지 않고 우두머리의 시체를 갈라냈다. 그 사이 피 냄새를 맡은 도시락이 침을 뚝뚝 흘리며 두 사람의 옆으로 다가왔다.

"우두머리가 아니다."

"예?"

"우두머리는 괴물끼리 잡아먹고 강해진 놈들이 우두머리고. 이놈은 그냥 패턴 몬스터야."

윤태수의 미간이 찌푸려졌다.

"그냥 패턴 몬스터가 이런 괴랄한 능력을 가지고 있단 말입니까?"

"아웃랜드니까."

짧게 혀를 찬 윤태수가 물었다.

"어떻게 구분합니까?"

"우두머리는 심장이 두 개 이상이야. 하나의 심장으로는 에르그 에너지를 버틸 수 없기 때문이지."

그럴듯한 설명에 윤태수가 고개를 끄덕였다.

그 순간.

"씨발……."

신혁돈이 미간을 찌푸리며 거칠게 욕을 뱉었다.

당황한 윤태수가 신혁돈의 시선을 따라 고개를 돌렸고 그 순간.

멀리서부터 피어오르는 먼지 구름을 발견할 수 있었다.

"설마… 저거 우든 호스입니까?"

윤태수의 물음이 끝나기도 전에 신혁돈이 일어서며 김민희를 바라보았다. 김민희의 하반신은 아직도 땅속에 묻혀 있었다.

즉, 전투를 피할 수 없다.

신혁돈은 곧바로 워해머를 주워 들며 소리쳤다.

"전투 준비!"

우든 호스 떼가 오는 것을 발견한 신혁돈은 곧바로 세뿔가시벌레의 겹날개를 펼치며 하늘로 날아올랐다.

'강한 놈이 있다.'

아이가투스의 눈속임 망토로 증가된 감각에 심상치 않은 기운이 느껴졌다.

신혁돈의 눈이 빠르게 우든 호스를 살폈고 곧 패턴 우든 호스를 발견할 수 있었다.

백여 마리의 우든 호스 중 패턴 우든 호스는 두 마리.

개중 한 마리를 본 신혁돈의 미간이 찌푸려졌다.

'켄타우로스.'

말의 하체에 인간의 상체를 가진 신화 속 괴물이 나무껍질과 같은 피부를 한 채 창을 들고 달려오고 있었다.

이마엔 50㎝ 정도의 푸른 뿔이 나 있는 데다가 키는 3미터 정도.

뿔과 창끝에서 튀고 있는 스파크가 예사롭지 않은 놈이었다.

'우두머리인가.'

500미터가 넘는 거리에서도 느껴질 만큼 어마어마한 양의 에르그 에너지를 가진 녀석이었으나 우두머리인지는 확실치 않았다.

만약 우두머리라면?

전투를 피하는 게 현명한 선택이다.

수많은 괴물들이 서로를 잡아먹으며 성장한 것의 결정체나 다름없는 우두머리는 어지간한 그레이트 화이트 홀의 괴물보다 강력하다.

제일 큰 차이는 경험.

수없이 많은 괴물을 잡아먹은 우두머리는 다른 괴물들과 비교할 수 없는 전투 경험을 지니고 있다.

그런 만큼 사냥을 성공했을 때의 보상은 어마어마하다.

남은 거리는 300미터가량.

신혁돈은 날개를 접고 땅으로 내려오며 길드원들에게 소리쳤다.

"김민희를 중심으로 원진을 펼친다."

신혁돈의 말과 동시에 길드원들이 분주히 움직였다.

메이지 계열 각성자들을 가운데 두고 밀리 계열 각성자들이 그들을 감싸고 둥그렇게 섰다.

진이 완성됨과 동시에 신혁돈이 진의 선두에 서며 말했다.

"우든 호스와 격돌하기 직전에 벽을 만들어라."

유니콘의 모습을 한 우든 호스가 할 수 있는 가장 강력한 공격은 가속도를 이용한 돌진이다. 즉, 첫 번째 공격만 무위로 돌릴 수 있다면 그다음부터의 난전은 이쪽이 유리하게 끌고 갈 수 있다.

신혁돈의 작전을 이해한 안지혜와 백종화가 굳은 얼굴로 고개를 끄덕였다.

남은 거리는 100미터.

애매한 위치에서 벽이 생겨난다면 우든 호스들은 뛰어넘거나 돌아올 것이다.

정확한 타이밍, 정확한 위치에 세워야만 돌진을 막아내고 난전의 상황을 유도할 수 있다.

그것을 아는 두 명의 메이지가 얼굴 가득 긴장을 담은 채 우든 호스들을 노려보았다.

"50미터."

우든 호스들이 점프하면 곧바로 닿을 거리.

"윤태수."

"준비됐습니다."

"놈들이 벽을 넘는 순간이다."

"예."

돌진을 저지하지 못한다면 원진이고 뭐고 한순간에 뚫리고 말 것이다.

남은 거리는 30미터.

단 한 번의 도약으로 닿을 수 있는 거리가 된 순간.

우든 호스들이 대가리를 숙이며 뿔을 들이밀며 시야가 좁아진 그때.

"붙잡아라!"

"솟아나라!"

백종화와 안지혜의 몸에서 에르그 에너지가 터져 나왔다. 그와 동시에 흙으로 된 거인이 몸을 일으켰다.

머리 위에 떠 있는 태양을 가리고 그림자를 드리울 정도로 거대한 흙의 거인이 몸을 일으키자 달려오던 우든 호스들은 거인의 몸과 팔에 머리를 들이받으며 쓰러졌다.

거인은 자신을 공격한 괴물들을 가만히 두지 않겠다는 듯 어마어마한 두께의 팔을 휘두르며 우든 호스들을 학살했다.

당황한 우든 호스들이 사방으로 도망가려는 순간.

흙으로 된 벽이 높게 솟구쳐 오르며 그들의 도주를 막아냈다.

"가각!"

"그가가가!"

기괴한 울음소리와 함께 우든 호스들이 박살 났고 피묻은 나무조각들이 사방으로 튀었다.

"카하!"

그사이, 우두머리로 짐작되는 켄타우로스가 거인에게 달려들며 기다란 창을 휘둘렀다.

파지지직!

우든 호스들의 공격에도 꿈쩍하지 않던 거인의 가슴에 켄타우로스의 창이 틀어박혔다.

창이라기보다는 언월도에 가까운 켄타우로스의 창이 거인의 심장을 꿰뚫은 순간!

퍼석!

거인의 몸이 흙으로 되돌아가 버렸다.

그 광경을 본 신혁돈이 워해머의 손잡이를 굳게 쥐며 말했다.

"에르그 에너지를 운용하는군."

단순히 스킬을 사용하는 것이 아닌, 각성자들처럼 에르그 에너지를 운용하며 신체와 무기를 자유자재로 다룰 수 있는 괴물.

"우두머리다."

"카하우!"

우두머리 켄타우로스는 거인을 무찌름과 동시에 속도를 늦추지 않고 원진을 향해 달려들었다.

30미터의 거리를 찰나의 순간 도약해 낸 켄타우로스의 언월도가 제일 앞에 있는 신혁돈의 머리를 쪼갤 듯 거칠게 휘둘러졌다.

파지지직!

쾅!

벼락이 공간을 찢는 듯한 언월도와 신혁돈의 워해머가 허공에서 맞부딪히며 엄청난 충격파가 사방으로 퍼져 나갔다.

"카하!"

무기를 부딪히는 순간, 벼락을 맞은 듯한 짜릿한 느낌이 신혁돈의 손을 타고 온몸으로 퍼졌다. 신혁돈은 이를 악물며 곱아드는 몸을 억지로 펴냈다.

'강하다.'

단 한 번의 합을 나눈 것만으로 켄타우로스의 강함을 체감할 수 있었다.

'이길 수 있다.'

하지만 이 정도라면 이길 수 있다.

'번개만 막을 수 있다면.'

신혁돈이 생각할 틈을 주지 않겠다는 듯 켄타우로스의 공격이 이어졌다.

3미터의 키와 기다란 언월도의 공격은 생각지도 못 한 각도에서 날아들었고 사이사이 빈틈을 치고 들어오는 앞발 또한 매섭기 그지없었다.

챙! 쾅! 후웅!

신혁돈은 최대한 무기를 맞부딪히지 않으며 기회를 보았고 그사이, 접근한 우든 호스와 길드원들간의 전투가 시작되었다.

남은 한 마리의 패턴 우든 호스는 방금 상대한 놈과 같은 붉은 몸을 가진 놈이었다.

한 번 상대해 보았던 것이 큰 효과가 있었는지 윤태수와 도시락이 페어를 이루어 한 마리를 상대하고 있었다.

일반 우든 호스들은 공격할 수 있는 거리를 잡지 못하고 방황하다 세 떨거지의 공격에 속수무책으로 당하고 있었다.

켄타우로스의 공격에 쓰러졌던 흙의 거인 또한 어느새 다시 일어서 우든 호스들을 막고 있었다.

하지만 팽팽하다.

우든 호스는 목이 잘려 죽으면서도 길드원들의 몸에 상처 하나씩을 남겼고 이 상태가 지속된다면 먼저 지치는 쪽은 인간이 될 가능성이 높았다.

신혁돈과 켄타우로스 중 승리하는 쪽이 승기를 잡게 될 것이다.

'시간은 내 편이 아니다.'

지금까지 소극적으로 방어만 하던 신혁돈의 눈이 번들거린 순간.

기세를 읽은 켄타우로스가 뒷걸음질을 치며 앞발을 높이 치켜들었다.

앞발로 내리찍으며 상대와 거리를 벌리고 창을 휘두르는, 단순하지만 대처하기 까다로운 패턴.

'기회다.'

신혁돈 또한 뒤로 물러서며 거리를 벌렸다.

그와 동시에 들고 있던 워해머에 쇼크 웨이브를 담아 켄타우로스를 향해 던져 버렸다.

워해머를 중심으로 샛노란 충격파가 생겨나며 켄타우로스를 노렸지만 켄타우로스는 당황하지 않고 거대한 몸을 날렵하게 놀려 피했다.

그러자 워해머는 그의 뒤로 날아가며 애꿎은 우든 호스들을 쓸어버렸다.

켄타우로스가 여유로운 몸짓으로 창을 고쳐 쥔 순간.

신혁돈은 입고 있던 고르곤 가죽 코트를 내던진 뒤 어글리 베어 폼과 아르마딜로 리자드 폼을 동시에 발동시켰다.

"쿠어어어!"

순식간에 돌로 된 피부를 한 곰의 모습이 된 신혁돈이 크게 포효를 하며 켄타우로스에게 달려들었다.

번개가 문제라면?

절연체를 몸에 두르면 되는 것이다.

이런 변화까지는 예상하지 못했는지 켄타우로스가 당황하며 뒷걸음을 쳤다. 그러면서도 언월도를 휘두르는 것은 잊지 않았다.

후우웅! 파지직!

거대한 언월도가 허공을 가름과 동시에 그 뒤로 파지직거리는 전류가 흘렀다.

그 순간.

덥썩!

어글리 베어의 흉측한 손이 언월도의 창대를 붙잡았다.

"카후!"

자신의 무기가 붙잡히자 크게 포효한 켄타우로스가 신혁돈의 손에서 무기를 빼내기 위해 힘을 주었고 그 순간.

신혁돈은 언월도를 자신의 쪽으로 당기는 것이 아닌, 켄타우로스에게로 밀어버렸다.

자신의 당기는 힘과 신혁돈의 미는 힘이 합쳐지자 켄타우로스의 신체 균형이 완벽히 무너져 버렸고 그 순간.

신혁돈의 두터운 다리가 대지를 박찼다.

콰드드득!

어글리 베어의 엄청난 힘과 몰맨의 손톱이 가진 절삭력이 합쳐진 신혁돈의 공격이 켄타우로스의 쇄골부터 하복부까지를 쓸어내리며 박살 냈다.

"카가각!"

나무껍질과 같은 피부가 뜯겨나가며 붉은 피보라가 피어오른 순간. 켄타우로스는 균형을 되찾으며 언월도를 휘둘렀지만 거리가 너무 가까웠다.

자신의 머리를 찔러오는 언월도의 창날 바로 아래 창대를 어깨로 쳐올린 신혁돈은 곧바로 손을 뻗어 켄타우로스의 복부에 손을 찔러 넣었다.

"카… 악!"

콰득! 퍽! 퍽!

켄타우로스가 고통에 몸부림치며 두 번째 공격을 잇지 못한 순간. 신혁돈의 맹공이 이어졌다.

찌지지지직!

켄타우로스는 이대로 죽을 순 없다는 듯 마지막 발악을 하기 위해 에르그 에너지를 끌어 모았고 괴물의 몸 주위로 엄청난 양의 번개가 파직거리기 시작했다.

빠직! 빠직!

번개가 튈 때마다 신혁돈의 몸을 둘러싸고 있는 바위들이 터져 나가며 그 사이의 피부가 노출되었고 피부가 터져 나갔다.

그럼에도 신혁돈은 공격을 멈추지 않았다.

어느새 시뻘개진 눈을 한 신혁돈은 고통을 느끼지 못하는 광전사처럼 쉴 새 없이 켄타우로스의 몸을 후려쳤고 어느 순간.

켄타우로스의 몸에서 들끓던 번개가 사라졌다.

전장을 뒤덮던 엄청난 번개 소리가 사라지자 순간 침묵이 내려앉았다.

쉴 새 없이 언령을 쏟아내며 길드원들을 전방위로 서포트하던 백종화의 시선이 신혁돈에게로 향했고 쓰러져 있는 켄타우로스를 발견했다.

퍽! 퍽! 퍽!

시커멓게 탄 괴물, 아니 신혁돈은 전투의 흥분을 가라앉히지 못했는지 시체를 다 찢어 발겨놓다가 그의 앞에서 움직이고 있는 우든 호스들에게 달려들었다.

그 순간. 백종화가 천천히 고개를 끄덕이며 말했다.

"이겼군."

*   *   *

미국.

올마이티 마이애미 지부.

프로페서와 라쉬드, 그리고 묘령의 여인이 테이블에 둘러앉아 있었다.

"이쪽은 올마이티의 길드장이자 나의 첫 번째 제자 라쉬드일세."

"올마이티 길드장 라쉬드입니다."

정장을 입은 중동계 사내가 인사를 건네자 정정한 노인, 프로페서가 말을 받았다.

"이쪽은 이번 SOS 작전에서 제일 중요한 역할을 해줄 달시."

갈색 빛이 도는 검은 머리에 창백한 피부. 거기에 유독 붉은 입술이 인상적인 여자. 달시가 살짝 고개를 숙여 인사했고 라쉬드 또한 고개를 숙여 인사를 받으며 말했다.

"달시예요."

예의가 없다 느껴질 정도의 짧은 대답에도 라쉬드는 전혀 개의치 않고 미소를 지었다. 두 사람이 인사를 하는 것을 지켜본 프로페서가 말을 꺼냈다.

"유명한 사람들이니 서로에 대한 이야기는 알음알음으로 들었을 것이라 생각하네."

그의 말이 맞다는 듯 두 남녀가 고개를 끄덕였다.

"그럼 이쯤에서 늙은이는 빠져줄 테니 젊은이들끼리 이야기 나누게나."

프로페서가 테이블에 올려두었던 중절모를 들고 일어서자 두 사람 또한 일어서 프로페서를 마중한 뒤 다시 자리에 앉았다.

그 순간.

은은한 미소를 짓고 있던 달시의 얼굴이 딱딱하게 굳었
다.

라쉬드 또한 마찬가지. 두 사람은 끔찍한 벌레를 보는 듯한
눈으로 서로를 바라보았다.

먼저 입을 연 쪽은 라쉬드였다.

"사적인 감정은 배제하지."

그의 말에 달시는 코웃음을 치며 답했다.

"그런 거 없어."

"그럼 다행이군."

능청스러운 대답에 미간을 굳힌 달시가 다리를 꼬며 물었
다.

"제물은?"

"준비됐다."

"장소는 준비됐고?"

"나를 의심하는 건가? 아니면 나와 대화를 나누고 싶은 거
야? 만약 후자라면 일부터 끝내고 하는 건 어때?"

"개소리. 그만큼 중요하니 묻는 거야."

라쉬드는 어깨를 으쓱인 뒤 대답했다.

"완벽하니 걱정하지 않아도 돼."

"가이아의 가호를 받는 이들을 죽이는 일이야. 단 하나라도
어긋나선 안 돼."

그녀의 말에 이번엔 라쉬드가 코웃음을 치며 말했다.

"네가 전처럼 엉뚱한 사람들을 제물로 바치지만 않는다면 야."

라쉬드의 말이 달시의 역린을 건든 것인지 그녀의 얼굴이 험악해졌다. 그와 동시에 그녀의 눈동자 속에서 검은 액체들이 꿀렁이기 시작했다.

기괴한 광경에도 라쉬드는 전혀 신경 쓰지 않는다는 듯 양손으로 내리누르는 듯한 제스쳐를 취했다.

그러자 원목으로 된 테이블 위로 나무가 자라나 달시의 목을 향해 움직였다.

"이봐, 달시, 만약 내가 실수한다면 네 손으로 날 죽여. 하지만 이번에도 네가 실수한다면, 내가 널 죽일 거야."

그의 말이 끝나는 순간. 달시가 눈을 깜빡였다.

그러자 그녀의 눈 속에서 꿈틀거리던 검은 액체가 사라졌고 그와 동시에 라쉬드의 나무들 또한 원래의 자리로 돌아갔다.

"그 말. 기억하지."

말을 마친 달시가 자리에서 떠났고 라쉬드는 그녀의 뒷모습에서 시선을 떼고선 창밖을 바라보며 말했다.

"미친년."

사자의 몸에 노인의 얼굴. 독수리의 날개와 전갈의 꼬리를 지닌 괴물.

일명 만티코어라 불리는 괴물이 입을 벌리자 보라색 독안 개가 뭉게뭉게 퍼져 나왔다.

우든 호스들은 죽음을 무릅쓰고 만티코어에게 달려들었지 만 만티코어에게 닿기도 전에 독안개에 닿아 몸이 녹아 쓰러 지고 말았다.

만티코어는 여유를 부리듯 천천히 걸으며 아직 숨을 쉬고 있는 우든 호스들의 목줄을 물어뜯었다.

우든 호스들의 우두머리 켄타우로스는 자신의 부족들이 맥없이 쓰러지는 것을 지켜보기만 할 뿐, 어떠한 행동도 취하 지 못했고 결국 다른 켄타우로스마저 만티코어에게 쓰러지고 나서야 모두에게 도망치라 소리쳤다.

[우두머리 켄타우로스의 영혼을 흡수하셨습니다.]

[아엘로의 영혼이 우두머리 켄타우로스의 영혼을 흡수했습니 다.]

[보유한 영혼의 수 : 1]

[영혼 포식으로 인해 '우든 호스' 스킬에 부가 효과가 추가됩니 다.]

ㅡ'통솔'

일정 등급 이하의 우든 호스들을 통솔할 수 있습니다.

영혼 포식을 통해 모든 기억을 훑은 신혁돈이 천천히 눈을 뜨자 주변 정리를 마친 길드원들이 하나 둘 그의 주변으로 모여들었다.

"만티코어가 있다."

신혁돈의 말에 길드원들의 시선이 홍서현에게로 향했다. 어느새 신화 설명 담당의 이미지로 굳어진 홍서현이 짧은 한숨을 흘린 뒤 설명을 시작했다.

"박물지'라는 책에 나오는 설명에 따르면 '톱니처럼 서로 정확하게 들어맞게 되어 있는 날카로운 이빨이 삼 열로 늘어서 있고, 얼굴과 귀는 인간의 것인데 눈은 회색이고, 신체는 피같이 붉으며, 사자의 몸을 가졌는데 꼬리에는 전갈처럼 상대방을 찔러서 공격할 수 있는 뾰족한 가시가 있다. 목소리는 판의 피리와 트럼펫을 합친 것같이 들리며 매우 재빠르고 사람 고기를 가장 좋아한다' 고 해요."

그녀의 설명이 끝나자 어느 정도 머릿속에 이미지가 그려지는지 길드원들이 미간을 구기며 물었다.

"신화에 나오는 괴물인가요?"

"신화라기보다는 드라큘라 백작처럼 인간의 상상력이 만들어낸 괴물이죠."

만티코어에 대한 설명을 들은 윤태수는 고개를 천천히 끄덕이며 신혁돈에게 물었다.

"만티코어를 잡아야 합니까?"

"우든 호스들이 베네수엘라 외곽까지 나와 있는 이유가 만티코어 때문이더군."

"우리가 상대할 수 있는 괴물입니까?"

"만나봐야 알 것 같다."

저번 삶.

아웃랜드에서 만난 만티코어는 재앙 그 자체였다.

쉴 새 없이 날아다니며 독을 뿜고 전갈의 꼬리로 찔러대고 사자의 앞발을 휘두른다.

그러면서 입으로는 인간의 말을 따라하며 혼란과 공포를 조장하는 괴물.

육체적 능력치로만 따지면 15등급 정도지만 적재적소에 사용하는 독안개와 높은 지능 때문에 18등급으로 책정된 괴물.

하지만 그것은 저번 삶의 기억이다.

켄타우로스의 기억에서 본 만티코어는 훨씬 작았으며 움직임 또한 둔했다.

"흠. 그럼 다음 목표는 만티코어입니까?"

"아니, 아직 우든 호스 우두머리가 더 남아 있어. 일단 우든 호스 사냥부터 끝내고 계속 할지 말지 결정한다."

말을 마친 신혁돈은 길드원들 사이에서 김민희를 찾아보았다. 김민희는 파리한 안색을 하고 있긴 했지만 하반신은 멀쩡한 모습이었다.

신혁돈은 그녀와 눈을 맞춘 뒤 물었다.

"움직일 만한가?"

"네."

그때 윤태수가 신혁돈에게 반지 하나를 건네며 말했다.

"우두머리에게서 나온 아이템입니다."

쌍둥이 그림자 — 베라인 [Set]

―사용자의 기척을 숨겨줍니다.

―사용자의 그림자를 없애줍니다.

―성장이 가능합니다.

―성장 조건이 밝혀지지 않았습니다.

아이템의 설명을 읽은 신혁돈의 입꼬리가 미세하게 떨렸다. 그의 반응을 본 윤태수가 들뜬 목소리로 물었다.

"좋은 아이템입니까?"

아이템 설명만 봐서는 길드원들이 착용하고 있는 유니크 아이템들에 비해 좋은 점을 알 수 없었다.

"굉장히."

신혁돈은 반지를 자연스럽게 자신의 손가락에 착용하며 말을 이었다.

"쌍둥이 그림자는 두 개로 이루어진 세트 아이템이다. 두

개를 모으면 그림자를 이용해 짧은 시간동안 자신과 똑같은 분신을 만들 수 있지."

그의 설명에 윤태수가 오, 하는 탄성을 토한 뒤 물었다.

"능력 또한 똑같이 사용하는 분신인 겁니까?"

"맞아."

그의 설명대로라면 어마어마한 효율을 가진 세트 아이템이다.

자신과 똑같이 생긴 분신을 단 1초라도 만들어낼 수 있다면 잡고 있는 승기는 더욱 굳힐 수 있고 패색이 짙은 전투를 단박에 역전시킬 수 있는 발판이 될 것이다.

윤태수가 눈을 빛내며 신혁돈에 손에 끼워진 반지를 바라보자 신혁돈이 자리에서 일어서며 말했다.

"출발하지."

*   *   *

도시락의 등에 오른 신혁돈은 헤이톤의 호의를 통해 지도를 만들었다.

"로스카란토의 차원에서랑은 좀 다르네요?"

그의 옆에 있던 홍서현이 구체를 바라보며 말했다.

그녀의 말과 같이 구체는 전처럼 명확한 모양새가 아니었다. 홍서현의 말에 가까이 다가온 윤태수가 구체를 살피다 말했다.

"우리가 있는 곳의 근처만 밝혀주는 것 같은데……."

윤태수는 도시락의 날개 아래로 보이는 주변 지형과 지도를 비교하며 보더니 말을 이었다.

"한 100㎞ 정도 될 것 같습니다."

로스카란토의 차원에서처럼 차원 전체를 보여주는 것은 아니었지만 100㎞ 안을 손바닥 보듯 할 수 있는 것도 굉장한 것이었다.

신혁돈은 지도를 바라보다 시선을 떼곤 윤태수에게 말했다.

"올마이티가 우리를 친다면 어디서 칠 것 같아?"

"만약 우리가 지금처럼 별동대 형식으로 따로 움직인다면 못 칩니다."

이곳은 아웃랜드다.

아무리 마왕과 소통을 하고 있는 이들이라 한들 괴물의 습격에서 안전할 순 없는 노릇.

그들 또한 괴물들의 동향을 살피며 신혁돈 일행을 찾아내야 하니 사실상 불가능한 것이나 다름없었다.

"그러니 우리의 동선을 알려줘야지."

신혁돈이 세운 작전은 간단하다.

패러독스가 움직이는 동선을 미리 알려준 뒤 기습에 대비하는 것이다.

패러독스는 올마이티에게 SOS에 참여하는 대신 패러독스의 독자적 운영권을 요구했고 패러독스를 선발대 혹은 별동대 형식으로 운영할 것이라 통보했다.

안 그래도 본대와 패러독스를 떼어놓으려 궁리를 하고 있던 올마이티는 옳다구나 하고 제안을 받아들였고 패러독스는 본대와 따로 움직일 수 있게 되었다.

올마이티에게 대놓고 뒤를 공격할 기회를 준 것이다.

만약 메이븐이 찾아오지 않았었더라면 이런 계획은 세우지 않았을 것이다. 누가 적인지 모르는 상황에 뒤통수를 칠 기회를 주는 것은 자살행위나 다름없기 때문이다.

하지만 메이븐의 말로 인해 올마이티가 마왕과 내통하고 있다는 사실을 어느 정도 확신한 신혁돈이었기에 이런 계획을 세운 것이다.

이번에 올마이티를 끌어낼 수 있다면?

그것을 단초로 마왕에 협력하는 모든 세력을 양지로 끌어내 끝장내 버릴 것이다.

아무런 일도 없다면? 아웃랜드를 토벌하고 아이템과 에르그 에너지. 그리고 올마이티에서 지급하는 어마어마한 돈을 받아 한국으로 돌아가면 되는 것이다.

"저들이 '이곳에서 습격하면 되겠구나' 할 만한 장소를 찾는 게 쉽지가 않습니다. 대놓고 멍청한 흉내를 내자니 저들이 믿어줄 것 같지도 않고… 그렇다고 제대로 잡으면 습격이 없을 것 같으니 원."

윤태수의 푸념을 들은 신혁돈은 흠, 하는 소리와 함께 말했다.

"레스팅 포인트는 정했나?"

"얼추 정했습니다만."

"그럼 이서윤 데리고 가서 마법진 설치해. 전부 설치하면 되지 뭘 고민해?"

윤태수의 시선이 가만히 듣고 있던 이서윤에게로 향했고 그녀는 멍한 얼굴로 손을 들어 자신을 가리키며 말했다.

"저요?"

"여기 너 말고 다른 이서윤이 있나?"

"아니… 레스팅 포인트가 몇 갠데요?"

윤태수는 지도를 힐끗 살핀 뒤 답했다.

"일단은 여섯 개입니다."

"그걸 엿새 안에 다 설치하라고요?"

"정확히 이해했군."

신혁돈의 담담한 말투에 기가 찬 이서윤이 아니, 아니하고 말을 더듬다가 물었다.

"그게 가능할 거라고 생각하세요?"

"충분히."

무슨 말도 안 되는 소리냐 따지고 싶었지만 신혁돈은 이미 결론을 내린 상태였다.

그간의 경험으로 무슨 말을 하더라도 씨도 먹히지 않을 상태가 된 것을 깨달은 이서윤이 긴 한숨을 뱉으며 윤태수를 바라보았다.

"태수 씨, 말 좀 해봐요. 이게 가능하다고 생각해요?"

"도시락을 데리고 이동 시간을 최소화시킨다면 가능하긴 합니다만……."

윤태수의 말에 신혁돈이 고개를 끄덕이며 말했다.

"거 봐. 가능하다잖아. 나머진 도보로 움직일 테니 너희 둘은 도시락을 타고 움직여."

말을 마친 신혁돈이 도시락의 등을 두들겨 착륙을 명령했고 이서윤은 도끼눈을 뜨고 윤태수를 노려보았다.

윤태수가 '결정을 내린 것은 신혁돈이니 그를 원망하라'하는 제스처로 어깨를 으쓱이자 이서윤은 고개를 휙 돌려 버렸다.

*   *   *

엿새가 지났다.

이서윤과 윤태수는 도시락을 타고 다니며 여섯 개의 레스팅 포인트에 마법진을 설치하고 주변 지형을 살펴 모든 변수에 대비할 수 있는 플랜을 만들어두었다.

그사이 신혁돈을 비롯한 패러독스는 과거 베네수엘라로

불렸던 나라를 쉴 새 없이 돌아다니며 우든 호스 사냥에 나섰다.

신혁돈은 쌍둥이 그림자를 얻기 위해 두 마리의 켄타우로스를 더 사냥했지만 쌍둥이 그림자는 나오지 않았다.

그렇게 엿새가 지났고 약속한 장소에 패러독스의 길드원들이 모였다.

윤태수와 이서윤은 초췌해진 모습으로 도시락의 등에서 내렸고 그들의 모습을 본 고준영이 피식 웃으며 말했다.

"신혼여행이라도 다녀오시는 모양입니다."

여기저기서 피식거리는 웃음이 터졌지만 농담의 대상인 두 사람은 고준영을 죽일 듯 노려보았다.

고준영은 아무 말도 안했다는 듯 입술을 깨문 뒤 손을 흔들었다. 그리곤 얼른 백종화에게 다가가 물었다.

"이제 도시락 타고 푼토… 뭐시기로 갑니까?"

"푼토 피조."

올마이티 남미 지부가 있는 곳으로 SOS 작전의 시작점이 될 곳이었다.

백종화가 정정해주자 고준영은 고개를 끄덕이며 '푼토 피조' 하고 읊조린 뒤 도시락을 가리키며 말했다.

"후딱 갑시다."

도시락을 타고 이동한 일행은 한 시간도 걸리지 않아 푼토 피조에 도착할 수 있었다.

엿새 전 나올 때만 하더라도 군인들밖에 없어 삭막하던 푼토 피조는 수많은 각성자로 바글바글거리고 있었다.

인종과 성별, 나이와 국경을 초월한 각성자들이 각자의 소속대로 모여 있다가 하늘을 날아오는 거대한 새를 발견하고서는 웅성거리기 시작했다.

도시락이 푼토 피조의 정중앙 헬리포트에 착륙하자 분위기에 찬물을 끼얹은 듯 조용해졌다.

착륙한 도시락은 세 쌍의 날개를 접으며 몸을 낮추었고 곧 그의 등에서 열 명의 사람들이 내렸다.

검은 가죽 코트와 부츠, 각자의 무기를 등과 허리에 메고 있는 이들.

패러독스의 등장이었다.

"뭐야?"

수백의 사람들에게 둘러싸여 동물원 원숭이를 보는 시선을 받는 것이 기분 좋을 리 없었다.

신혁돈은 그 기분을 그대로 표출하며 주변 사람들을 바라보았다.

신혁돈의 손이 허리에 달려 있는 워해머의 손잡이로 향한 순간.

인파가 갈라지며 중동계 사내가 등장하며 말했다.

"패러독스 여러분! 고생 많으셨습니다."

쾌활한 목소리와 과장된 제스쳐에 굳어가던 분위기가 한 방에 깨졌다.

라쉬드는 총총걸음으로 신혁돈에게 다가와 손을 건네며 말했다.

"반갑습니다, 올마이티의 길드장 라쉬드입니다."

신혁돈의 시선은 라쉬드가 아닌 그와 함께 나타난 여자에게로 향해 있었다.

인사를 무시당한 라쉬드는 순간 미간을 찌푸렸다가 그의 시선이 향한 곳을 보고선 활짝 웃으며 말했다.

"이쪽은 달시, 달시 프라가입니다. 메이지 계열의 각성자이자 저의 조력자죠."

이번에도 대답은 없었다.

그러자 분위기가 싸해지는 것을 눈치챈 윤태수가 나오며 그의 손을 쥐고 인사했다.

"패러독스. 윤태수입니다."

자연스럽게 홍서현이 나서며 번역을 했고 싸해지던 분위기가 제자리를 찾았지만 신혁돈은 달시에게 시선을 고정시킨 채 아무런 말도 하지 않고 있었다.

달시 또한 신혁돈의 시선을 피하지 않고 그를 마주보고 있었다.

그 순간.

신혁돈의 눈을 바라보고 있던 달시에게 포식자의 눈이 발동되며 공포가 찾아들었다. 아니, 찾아들어야 했다.

하지만 공포는 발동되지 않았고 대신, 그녀의 동공에서 검은 기운이 꿈틀거리기 시작했다.

제2장

미끼를 물다

달시의 눈에 서린 검은 기운.

그것을 본 순간 신혁돈의 눈매가 날카로워졌다.

'아이가투스와 비슷한 기운이다.'

백차의 차원에서 아이가투스에게 납치당하던 그때, 알 수 없는 공간에서 느꼈던 그 에너지가 달시에게서 느껴지고 있었다.

완벽히 똑같다 하기에는 조금 다른 느낌이었지만 한 가지는 확신할 수 있었다.

'마왕의 기운.'

달시의 눈동자 속에서 자라났던 어둠의 기운은 곧바로 사라졌지만 신혁돈의 시선은 그녀에게서 떨어지지 않았다.

두 사람 사이의 묘한 기류를 읽은 라쉬드가 신혁돈과 달시 사이로 끼어들며 두 사람의 시선을 차단했다.

"반갑습니다, 신혁돈 씨."

라쉬드는 호흡이 느껴질 정도로 가까운 거리까지 웃는 낯을 들이밀었다. 신혁돈은 살짝 고개를 끄덕여 인사를 받은 뒤 물었다.

"저 여자는 어디 소속입니까?"

라쉬드는 달시를 힐끗 바라 본 뒤 답했다.

"일단은 올마이티에 소속되어 있습니다."

'일단은' 이라.

신혁돈은 라쉬드의 어깨 너머로 달시에게 시선을 한 번 던진 뒤 홍서현을 보며 말했다.

"종화랑 가서 앞으로의 일정 듣고 오고 태수는 따라와. 나머진 숙소에서 대기한다."

말을 마친 신혁돈은 곧바로 도시락의 등에 올랐고 윤태수가 그의 뒤를 따랐다.

곧 두 사람을 태운 도시락이 날아오르자 멍한 얼굴이 된 라쉬드가 설명을 원하는 눈으로 홍서현을 바라보았다.

홍서현은 짧게 혀를 찬 뒤 말했다.

"마스터도 반갑다고, 앞으로 잘 부탁한다고 하네요. 그리고 급하게 처리할 일이 있어서 잠시 다녀온다고 전해 달라 했어요."

믿는 눈치는 아니었지만 한국어를 아예 모르니 통역을 믿을 수밖에 없다.

찝찝한 얼굴로 고개를 끄덕인 라쉬드는 멀리 날아가는 도시락을 바라본 뒤 말했다.

"그럼 들어가시죠."

푼토 피조 기지가 보이지 않을 정도로 멀어지자 신혁돈은 도시락에게 착륙하라 명령한 뒤 윤태수에게 말했다.

"저 여자다."

"마왕에게 협력하는 여자 말입니까?"

신혁돈은 짧게 고개를 끄덕인 뒤 푼토 피조 쪽을 바라보며 답했다.

"짧은 순간이지만 아이가투스의 기운과 비슷한 것이 느껴졌다."

윤태수는 그런 기색을 전혀 느끼지 못했었지만 신혁돈의 반응으로 얼추 예상은 하고 있었다.

신혁돈의 말로 확신을 한 윤태수는 천천히 고개를 끄덕인 뒤 물었다.

"잡을 수 있을 것 같습니까?"

"잡는 건 문제가 아니다. 잡고 나서 뿌리를 뽑는 게 문제지."

그녀가 어떤 능력을 가지고 있든 전투에서 승리할 자신은 있었다. 하지만 정보를 실토하게 만들 수 있는 능력은 없는 게 문제다.

기껏 붙잡아놨더니 아엘로 때처럼 갑자기 죽어버린다면 처음부터 다시 시작해야 한다.

"그럼 동화는 어떻습니까?"

"변수가 너무 많아."

신혁돈이 동화를 사용하고 있는 도중 아이가투스가 그녀를 죽여 버린다면?

어떻게 될지는 아무도 모른다.

그렇다고 실험을 하자니 리스크가 너무 큰 상황.

"협박이 통할 것 같은 얼굴은 아니던데 말입니다."

눈빛만 봐도 부러질 사람인지 굽힐 사람인지는 구분할 수 있다. 윤태수의 눈에 달시는 부러질지언정 굽히지 않는 사람이다.

"일단 잡아서 족치다 보면 뭐가 나오겠지."

처음부터 다시 시작하더라도 눈앞의 대상을 놓칠 순 없는 노릇이다.

"예, 지금 할 수 있는 최선은 그게 맞는 것 같습니다."

"도청이 있을지도 모르니 다른 길드원들한테 말하지 말고."

"말하지 않더라도 어느 정도 눈치챘을 겁니다. 달시라는 여자도 마찬가지고."

신혁돈이 그녀의 기운을 느꼈다면 달시 또한 자신이 들킨 것을 느꼈을 가능성이 높았다. 윤태수는 가만히 앉아 깃털을 손질하는 도시락을 바라보며 말을 이었다.

"마왕이니 마신이니 하는 것들 상대하기도 바쁜데 인간들까지 속을 썩이네. 싹 다 뿌리를 뽑아버려야지 원. 이거 뒤통수가 근지러워서 뭘 못하겠습니다."

그의 말에 신혁돈이 고개를 끄덕이며 답했다.

"이번 기회에 전부 정리해 버리고 아이가투스 사냥에 집중하자."

"예, 그럽시다."

대화를 마친 두 사람은 다시 도시락의 등에 올라 푼토 피조 기지로 향했다.

*   *   *

신혁돈과 윤태수가 돌아왔을 때는 숙소 배정이 끝난 상태였다.

숙소로 안내를 받은 두 사람이 곧바로 돌아오자 길드원들이 그들을 바라보았다.

두 사람 사이에서 있었던 대화를 어느 정도 예상하는지 전투를 앞둔 사람들처럼 눈빛이 번들거리고 있었다.

두 사람이 돌아오고 얼마 지나지 않아 라쉬드를 만나러 갔던 홍서현과 백종화가 돌아왔다.

"결론부터 말씀드리면 변동 사항은 없어요."

홍서현은 들고 온 종이뭉치를 길드원들에게 나누어주며 말을 이었다.

"이번 작전에 참가한 각성자는 총 4,200명. 11개의 조로 나눠서… 블라블라. 이건 중요한 게 아니니 각자 읽어보시고, 저번에 이야기했던 그대로 진행될 거예요."

말을 마친 홍서현이 의자에 걸터앉자 백종화가 말했다.

"더 가드, 아니 이젠 아이기스라 불러야겠군요. 어쨌거나 아이기스는 이번 작전에 참여하지 않는다고 합니다."

패러독스가 이번 작전에 참가하는 주된 목적이 아웃랜드 토벌이 아닌 배신자 소탕에 있는 것을 알고 있는 이들이기에 굳이 참가하지 않은 것이다.

"앞으로의 경로는 전부 알려주었습니다. 여섯 번째 레스팅 포인트까지 진행한 뒤에는 위성 전화를 통해 앞으로의 경로를 의논하는 것으로 정했고… 다른 건 없습니다."

길드원들은 백종화의 말이 끝나자 홍서현이 나누어준 서류 뭉치로 시선을 옮겼다.

홍서현이 나누어준 서류에는 인원을 나누는 방식과 인원의 운용 방법, 보급 경로와 시간에 대한 것들, 즉 작전에 대한 모든 것들이 세세히 적혀 있었다.

만약 인간 대 인간의 싸움이었다면 서류 하나하나가 극비로 취급될 만한 것들이었으나 상대가 몬스터인 만큼 정보가 새어나갈 걱정을 하지 않아도 되었기에 모든 것을 공개한 것이다.

서류를 꼼꼼히 살펴본 윤태수가 종이뭉치를 내려놓으며 말했다.

"깔끔하네."

겉으로 봐서는 미 정부와 연계한 작전이니만큼 어디 하나 흠 잡을 만한 곳이 없을 정도로 완벽한 작전이었다.

윤태수는 짧게 혀를 찬 뒤 주변을 살폈다.

올마이티가 지정한 숙소인 만큼 어디에 도청 장치가 설치되어 있을지 모르는 상황에 아무런 말이나 뱉을 순 없었다.

괜히 가만히 앉아 긴장한 티를 내는 것보다야 침대에 누워 있는 게 낫다.

"할 것도 없는데 잠이나 잡니다."

말을 마친 윤태수는 먼저 일어나 안쪽의 방으로 들어갔고 앉아 있던 길드원들 또한 하나 둘씩 일어나 휴식을 취하러 움직였다.

푼토 피조 기지. 라쉬드의 집무실.

라쉬드는 무표정한 얼굴로 서류를 살피다 문이 열리는 기척에 고개를 들었고 방으로 들어오는 달시를 발견했다.

"무슨 짓이야?"

살짝은 격앙된 라쉬드의 목소리에 달시는 어깨를 으쓱이며 소파에 앉았다.

"벌써부터 적대하면 어쩌자는 건데? 저놈들이 의심이라도 하면 어쩌려고?"

화가 난 듯 쏘아 붙이는 라쉬드와는 정반대로 차분한 달시가 다리를 꼬며 말했다.

"신혁돈. 그 사람은 벌써 알고 있던데."

"…뭐?"

"다시 말해줘?"

"무슨 의미야?"

달시는 묘하게 입꼬리를 올리며 라쉬드를 바라보았고 라쉬드는 미간을 구겼다.

마치 비웃는 것처럼 뒤틀린 입매를 한 대 쳐주고 싶다는 생각이 들었지만 라쉬드는 미간을 꾹 누르는 것으로 참아냈다.

"무슨 의미냐고."

"말 그대로야. 나랑 눈이 마주치자마자 스킬을 걸던데? 무슨 디버프 계열이었는데 내가 통제할 새도 없이 '힘'이 반응해 버렸어."

"이런 쌍!"

신혁돈은 아이가투스의 일곱 번째 시련을 클리어한 인물이다.

마왕의 기운이 가진 특유의 느낌을 모를 리 없을 것이니 달시와 마왕이 연관이 있다는 것을 눈치챘을 게 분명하다.

빠르게 머리를 굴리던 라쉬드의 시선이 달시에게로 향했다.

"그런데도 우리에게 동선을 알려주었다고?"

"그래, 자기들을 잡기 위한 덫을 쳐놓은 걸 알고 있는 거지."

라쉬드의 미간이 얻어맞기라도 한 듯 찌푸려졌다.

"자신이 있다는 건가?"

아무리 자신들이 경로를 설정하고 레스팅 포인트를 정했다지만 길이 정해져 있을 뿐 올마이티가 어느 지점에서 습격할지는 모른다.

라쉬드는 손에 든 볼펜을 딸깍거리며 생각에 잠겼다.

'길목에서 습격을 당하면 어쩌려고?'

아니, 길목뿐만이 아니다. 열대우림과 늪. 초원이 여기저기 펼쳐진 땅에서 벌어질 수 있는 변수가 너무나 많다.

아무리 하늘을 나는 괴물을 테이밍해서 데리고 다니고 있다지만 쉴 새 없이 날수는 없는 노릇이고 언젠간 땅으로 내려와야 한다.

식사와 용변 등 모든 일을 하늘에서는 해결할 순 없으니까.

그때를 노려 습격한다면?

아니, 굳이 습격하지 않아도 된다.

SOS의 예상 소요 기간은 석 달.

그것도 모든 괴물의 토벌이 아닌 1단계 토벌. 즉, 대륙 외곽 토벌에 들이는 시간이 석 달이다.

그 기간 동안 주변에 있다는 것을 알리고 지속적으로 스트레스만 준다 하더라도 석 달의 반도 버티지 못하고 긴장이 흐트러질 것이고 결국 스스로 무너지고 말 것이다.

아무리 강하다 한들 저들 또한 인간이니 최소한의 생존 조건을 채우지 못하면 죽는 것은 다름없다.

버틸 수 있는 기간이 조금 더 길 뿐.

자신이 계산할 수 없는 만큼 상대도 마찬가지일 것이다.

저들 또한 달시가 무슨 능력을 가지고 있는지, 어떤 방식으로 습격을 할지에 대해 아무것도 알지 못한다.

그런데도 가슴 한구석에 들어선 불안감은 사라질 생각을 하지 않고 점점 증식하고 있었다.

그들은 모든 것을 알고 있는 듯 행동한다.

라쉬드는 눈앞에 짙은 안개가 낀 듯한 답답함에 긴 숨을 내쉬었다.

"뭘 그렇게 걱정해?"

"걱정이 아니야."

"그럼?"

불안감과 답답함.

작전을 모두 읽힌 것인지, 아니면 우연의 일치인지조차 알 수 없다.

이 모든 기분을 한 단어로 표현해내지 못한 라쉬드가 입술을 씹었고 그 모습을 본 달시가 말했다.

"뭘 그렇게 어렵게 생각해? 이틀 뒤 저들은 죽어. 저 새까만 새를 타고 지구 끝까지 도망친다 해도 그의 손에 잡혀 죽을 거라고. 자기들이 스스로 호랑이 아가리로 걸어 들어오겠다는데 왜 네가 사서 걱정을 하고 있어?"

달시의 말에도 라쉬드의 얼굴은 퍼질 기미가 보이지 않았다.

"멍청한 자식."

짧게 혀를 찬 달시는 소파에서 일어선 뒤 문을 열고 나가며 말을 이었다.

"쓸데없는 걱정하지 말고 의식 준비나 잘해둬."

라쉬드는 달시가 떠난 것을 아는지 모르는지 똑같은 자세로 앉아 생각에 잠겨 있었다.

다음 날 아침.

구색만 갖춘 출정식을 끝낸 패러독스가 도시락을 타고 날아올랐다.

잔뜩 긴장하고 있던 길드원들은 도시락이 날아오름과 동시에 짧고 긴 한숨들을 토하며 도시락의 등 위에 늘어졌다.

"차라리 칼 들고 괴물하고 싸우는 게 낫지… 숨 쉬기 힘들어 죽는 줄 알았습니다."

고준영의 푸념에 대부분이 고개를 끄덕이며 동조했다.

고준영의 말대로 괴물과 싸운다면 주변에 있는 사람들은 믿을 수 있으니 배신당할 걱정은 하지 않아도 된다.

하지만 누가 어디서 목숨을 노릴지 모르는 상황에 수천 명의 사람에게 둘러싸여 있자니 주변의 모든 사람들이 적으로 보일 수밖에 없었고 자연스레 긴장이 이어지며 피곤이 쌓인 것이다.

다들 적당히 긴장을 풀며 늘어진 사이 지도를 켠 채 주변을 살피고 있던 신혁돈이 말했다.

"2㎞ 전방. 우든 호스 41마리. 잡고 이동한다."

2㎞면 5분도 걸리지 않는 거리다.

"이제 좀 마음 놓고 쉬나 했더니만……."

"하여간 쉴 새를 주지 않는 양반이야."

길드원들은 한탄 섞인 푸념을 하면서도 하나 둘씩 몸을 일으켜 장비를 점검하기 시작했다.

*   *   *

천장이 보이지 않을 정도로 넓은 공동에 수십 개의 통나무들이 박혀 있었고 정중앙에는 거대한 제단이 있었다.

제단에는 수십 개의 단검이 어지러이 놓여 있었으며, 통나무에는 수십 명의 사람들이 나신으로 묶여 있었다.

그들은 무언가에 홀린 이들처럼 초점이 없는 눈으로 공동의 천장을 올려보고 있었는데 그 모습이 마치 자신의 신과 영접한 어린 양의 모습과도 비슷했다.

통나무들 사이에서 유일하게 움직이는 것이 하나 있었다.

검은 로브를 턱 아래까지 뒤집어쓴 여자.

그녀는 한 손에는 단검. 한 손에는 책을 든 채 알아들을 수 없는 말을 쉴 새 없이 중얼거리며 통나무 사이를 돌아다니고 있었고 그녀가 통나무의 곁을 지날 때마다 묶인 이들은 온몸을 부르르 떨며 그녀의 말을 따라했다.

그녀는 빠르게 어떨 땐 천천히 걸으며 기분 나쁜 노래와 같은 울림을 계속해서 흘렸고 울림이 절정에 달했을 때.

그녀의 단검 또한 하늘 높이 들렸다.

"카라혼타 바알!"

푹!

절규와도 같은 외침과 동시에 그녀의 단검이 통나무에 묶인 사람의 가슴팍을 파고들었다.

한 뼘이 넘는 검날이 가슴 깊이 박혔음에도 피 한 방울, 비명 한 글자 흘러나오지 않았고 덕분에 섬뜩한 파육음만이 공동의 벽에 메아리쳤다.

여자는 거기서 멈추지 않고 정중앙 제단으로 다가가 새로운 단검을 집어 들었다.

그리고 다시 기괴한 노래가 시작되었고 노래가 끝났을 때.

새로운 단검은 펄떡거리는 심장을 꿰뚫었다.

그렇게 제단 위의 모든 단검이 심장을 꿰뚫은 순간.

"카라혼타 바알!"

모든 통나무가 불타기 시작했다.

출정 후 이틀이 지난 밤.

달이 없는 밤하늘을 닮은 새가 하늘을 갈랐다.

거대한 새는 세 쌍의 날개를 힘차게 펄럭였고 그럴 때마다 대기가 비명을 지르듯 바람 소리가 세차게 울렸다.

무엇이든 날아갈 듯한 바람이 이는 와중, 검은 새의 등 위는 평온하기 그지없었다.

하지만 평온은 오래가지 못했다.

"온다."

신혁돈의 말과 동시에 모두의 시선이 신혁돈을 따라 움직였다.

얼마 지나지 않아 어두운 밤하늘 사이로 붉은 빛 덩이 하나가 모두의 시야에 들어왔고 곧 길드원들은 자신의 눈을 의심하기 시작했다.

세 개의 머리가 하나로 붙어 모든 방향을 살피고 있었다. 그 위로 길게 자란 붉은색의 뿔과 박쥐의 그것과 같은 날개 또한 무시 못 할 존재감을 뽐내고 있었으며 그 아래로 길게 뻗어 있는 화살촉과 같은 꼬리도 마찬가지였다.

거기에 새카만 피부와 새빨간 눈이 어우러진 존재를 본 순간 모두의 머릿속에 든 생각은 같았다.

악마.

상상 속 악마의 특징을 그대로 집대성해 놓은 모습을 한 괴물이 패러독스를 향해 날아오고 있었다.

신혁돈을 제외한 길드원들은 설명을 바라는 눈으로 신혁돈을 바라보고 있었지만 그 또한 처음 보는 형태의 괴물이었다.

결국 침묵을 참지 못한 윤태수가 말했다.

"저건… 무슨 괴물입니까?"

신혁돈은 대답 대신 몬스터 폼을 발동시키며 악마의 에르그 에너지를 빠르게 훑었다.

아이가투스의 눈속임 망토로 증대된 감각으로 악마의 에르그 에너지를 탐지한 신혁돈이 굳은 얼굴로 말했다.

"마왕의 수하. 달시라는 여자에게 느꼈던 기운이다."

올마이티가 공격한다면 정예의 각성자들일 것이라 예상하고 있던 이들에게 악마의 등장은 충격으로 다가왔다.

악마는 자신을 과시하듯 거대한 날개를 펄럭이며 천천히 날아왔다.

가까이 다가올수록 악마의 형상을 또렷이 볼 수 있었고 길드원들은 눈에 띌 정도로 긴장을 하기 시작했다.

지금까지 만나온 괴물과는 차원이 다르다.

외관은 그렇다 치더라도 느껴지는 에르그 에너지의 양이 모두를 압도하고 있었다.

그뿐만 아니다.

몇 백 미터가 떨어진 상황에 눈을 마주친 것만으로 몸을 움직일 수 없을 정도의 공포가 일고 있었다.

드드드드드!

순간 정적에 휩싸인 길드원들의 정신을 깨운 것은 신혁돈의 날갯짓 소리였다.

그는 공포에 질려 움직이지도 못하고 있는 다른 이들과는 달랐다. 신혁돈은 오히려 투쟁심이 끓는지 워해머의 손잡이를 세게 쥔 채 도시락의 등을 박찼다.

그때, 홍서현이 무언가에 홀린 듯 천천히 입을 열었다.

"헛된 우상……."

길드원들은 그녀의 말에 정신이 돌아온 듯 홍서현을 바라보았고 그녀는 말을 이었다.

"악마가 아니에요. 아니… 악마는 맞지만……."

그녀가 횡설수설하자 백종화가 그녀의 어깨를 쥐며 물었다.

"약점. 약점은?"

"세 개의 머리가 모두 다른 생각을 해요. 결론을 내리는 주체가 없어서 난제를 던져주면 홀로 생각에 빠져 다른 것을 보지 못해 목을 베인다고……."

기계처럼 대답하던 홍서현의 목소리가 천천히 잦아들었다. 자신이 생각해도 말이 되지 않는 소리임을 깨달았기 때문이다.

"다른 건?"

"번개와 비. 구름과 천둥을 관장하는 신이자 악마예요."

신 혹은 악마라 불리는 이가 고작 인간의 부름에 나타난단 말인가?

백종화는 이를 악물곤 신혁돈을 바라보았다.

그는 어느새 악마의 지척까지 다가가 있었고 당장에라도 전투가 시작될 것처럼 보였다.

백종화는 도시락의 등을 톡톡 두들긴 뒤 말했다.

"근처로 가자."

도시락은 내키지 않는다는 듯 머리를 한 번 흔든 뒤 방향을 틀어 악마가 다가오는 곳을 향해 날갯짓을 시작했다.

그런 와중.

윤태수가 도시락의 등에서 뛰어 내렸다. 그와 동시에 백종화의 언령이 발동되며 그의 낙하 속도를 늦춰주었고 윤태수는 몇 초가 되지 않아 땅바닥에 발을 디뎠다.

가까이서 보니 더욱 기괴하다.

검은 피부라 생각했던 것은 피부가 아닌 겉으로 드러난 근육이었다. 악마 또한 혈관이 있고 피가 흐르는지, 날개를 펄럭일 때마다 검은 근육이 꿈틀거리며 존재감을 과시했다.

남은 거리는 20미터가량.

언제든 전투가 시작될 수 있는 거리에서 날갯짓을 멈춘 신혁돈이 워해머를 든 손목을 천천히 돌리며 긴장을 유지했다.

그 순간.

"새롭군."

깊은 무저갱 같은 입이 열리며 악마가 신혁돈에게 말을 걸었다.

그것도 익숙한 한국어로.

평소라면 대답 대신 템포를 뺏는 선공을 가했을 그였지만 이번엔 달랐다. 정보가 필요하다.

그리고 시간이 필요하다.

어디선가 이 광경을 지켜보고 있을 달시를 잡을 시간이.

"악마인가?"

"정말 새로워."

악마는 신혁돈의 질문에 대한 대답 대신 자신의 감상평을 뱉었다. 세 개의 얼굴 중 가장 정상적인 위치에 달린 얼굴이 쉴 새 없이 움직이며 신혁돈을 살폈다.

"악마냐 물었다."

또다시 침묵. 그 순간.

왼쪽에 있는 얼굴이 입을 벌렸다.

"가이아의 자식인가?"

왼쪽 얼굴의 목소리에 원래 말을 하고 있던 가운데의 얼굴이 답했다.

"가이아는 지상으로 올라올 수 없어. 가이아의 자식은 아니다."

"그렇다면 저 사내의 몸속에 있는 기운은 뭐지?"

"가이아의 권능이지."

가운데 얼굴의 대답이 마음에 들었는지 왼 얼굴이 고개를 끄덕이며 비음을 흘렸다.

그때, 지금까지 침묵을 유지하던 오른 얼굴이 입을 열었다.

"죽여야 할 놈. 이놈이 맞다."

오른 얼굴의 말이 끝난 순간.

악마의 기세가 변했다.

세 개의 머리를 제외하면 인간과 같이 사지를 지니고 있던 놈의 어깨가 쩍하는 소리와 함께 갈라졌다.

그리곤 네 개의 팔이 튀어나왔다.

신혁돈은 본능적으로 느낄 수 있었다.

'시작이다.'

악마의 팔이 어깨를 찢고 튀어나온 순간.

신혁돈은 벌써 날개를 휘저으며 가속도를 붙이고 있었다.

거기에 하늘거북의 바람을 다루는 힘이 합쳐지자 신혁돈은 어지간한 화살보다 빠른 속도로 악마에게 날아들었다.

순식간에 지척까지 날아든 신혁돈의 워해머가 송곳 부분을 날카롭게 빛나며 악마의 머리를 노리고 횡으로 휘둘러졌다.

후우웅!

쩡!

퍽!

신혁돈의 워해머가 휘둘러진 순간. 악마의 손이 더욱 빠르게 움직여 워해머의 헤드 부분을 붙잡았다.

마치 무쇠를 때린 듯한 타격감!

아예 대미지가 없는 것은 아닌지 손가락 두어 개가 부러진 상태였다.

두어 개의 손가락으로 전력으로 후려친 신혁돈의 공격을 막아낸다?

대미지가 아예 없는 것이나 마찬가지였다.

자신의 공격이 통하지 않았다는 것을 깨달은 신혁돈이 워해머의 손잡이를 놓아버린 순간, 악마의 주먹이 신혁돈의 가슴을 후려쳤다.

"큽!"

폐의 모든 공기가 빠져나가는 듯한 고통에 몸이 굽었지만 신혁돈은 억지로 허리를 펴며 날개를 휘저어 악마의 공격 범위를 벗어났다.

후웅! 후웅!

그사이, 붉어진 위해머가 땅으로 떨어졌고 네 개의 팔이 기이한 각도로 꺾이며 신혁돈의 몸을 노리고 뱀처럼 쏘아졌다.

하지만 신혁돈은 이미 멀찍이 물러난 후였다.

'강하다.'

단순한 힘의 차이가 아닌 압도적인 벽이 느껴질 정도의 강함이었다.

그럼에도 신혁돈은 물러서지 않고 몸을 변화시켰다.

힘에서 밀린다면 더욱 강한 힘을 낸다!

세뿔가시벌레의 검은 갑옷을 두르고 있던 신혁돈의 팔이 두드득 거리는 섬뜩한 소리와 함께 어글리 베어의 팔로 변화했다.

악마는 주도권을 잡았음에도 불구하고 신혁돈이 변화하는 모습을 지켜보기만 할 뿐 달려들지 않았다.

신혁돈 또한 섣불리 달려들지 않았다.

'여섯 개의 팔. 근접전은 불리하다.'

그렇다고 힘이나 속도면에서 앞서는 것도 아니었다. 악마에 비해 신혁돈이 가진 이점은 단 하나.

지원군이 있다는 것.

"얼어라!"

파드드드득!

어느새 지근거리까지 날아든 도시락의 등에서 메이지 계열 각성자들의 지원사격이 시작되었다.

백종화의 외침과 동시에 악마의 몸에 성에가 끼었고 그와 동시에 얼음이 자라났다. 지원은 거기서 멈추지 않았다.

사방에서 돌덩이들이 날아들고 김민희가 조종하는 10개의 창이 모든 방위를 점한 채 악마의 몸으로 쏘아졌다.

악마가 날개를 휘젓기도 전에 얼음은 온몸을 뒤덮었고 그 위로 열 개의 창이 꽂혔다. 그것으론 성에 차지 않는다는 듯 거대한 바위덩어리들이 악마의 몸을 내리쳤었다.

하늘을 날고 있던 악마는 순식간에 땅바닥에 처박혔지만 일행의 공격은 멈출 기미가 보이지 않았다.

모든 에르그 에너지를 쏟아붓듯 쉴 새 없이 얼음과 불, 돌기둥과 창이 악마의 몸을 헤집었고 공격들로 인해 악마의 몸이 땅속 깊이 처박혀 보이지 않게 되었을 때, 신혁돈이 말했다.

"멈춰."

그와 동시에 신혁돈은 고도를 낮추어 바닥에 떨어진 위해머를 회수한 뒤 악마가 처박힌 구덩이 위에 섰다.

'에르그 에너지가 느껴지지 않는다.'

신혁돈의 공격을 한 손으로 막아낼 정도의 힘을 지닌 괴물이다.

이런 공격으로 죽었을 리는 없다.

그렇다는 것은 미끼를 던지고 있다는 뜻.

신혁돈은 언제든 피할 수 있도록 거리를 둔 채 도시락에게
소리쳤다.

"가까이 오지 마라!"

그 순간.

화르륵!

하늘에 닿을 듯 거대한 불기둥이 피어오르며 구덩이 전체
를 뒤덮었다. 가까이 있던 신혁돈의 피부가 순간 녹을 정도로
엄청난 온도!

신혁돈은 곧바로 뒤로 물러섰고 불기둥 또한 빠르게 사라
졌다.

그리고 불기둥이 사라진 자리에는 언제 공격을 당했냐는
듯 멀쩡한 모습의 악마가 모습을 드러내고 있었다.

발소리도 없이 땅으로 내려선 윤태수는 악마의 형상을 힐
끗 바라본 뒤 곧바로 왼손을 뻗어 아공간을 열었다.

'최대한 빨리 찾아내야 한다.'

지금까지 밝혀진 사실만을 종합했을 때, 그들은 자신의 힘
만으로 차원을 넘을 수 없다. 그런데도 악마. 즉, 타 차원의 존
재가 나타났다는 것은 누군가가 소환을 해냈다는 것이고 소
환을 유지하기 위해 근처에서 지켜보고 있을 가능성이 높다
는 것을 시사한다.

아니, 신혁돈이 그렇게 말했기 때문에 윤태수는 확신할 수
있었다.

윤태수는 에르그 에너지의 탐사 혹은 누군가를 찾는 것에 특화된 각성자는 아니다. 오히려 전면전에 강한 각성자다.

헌데 신혁돈이 윤태수를 보낸 이유.

'나 다음으로 강한 것이 너다.'

저 정도로 강한 악마를 소환할 정도의 각성자라면 본신의 힘 또한 무시할 수 없을 정도로 강할 것이다.

그렇다고 신혁돈이 빠졌다간 한 번도 상대해본 적 없는 악마에게 순식간에 몰살을 당할 것이기에 그는 빠질 수 없었고 그 때문에 윤태수가 움직이고 있는 것이었다.

윤태수의 손이 아공간을 뒤졌고 곧 그의 손에 검은 상자가 하나 들려 나왔다. 윤태수는 상자를 바닥에 내려놓고 열었다.

'열 감지 카메라.'

카메라라기보다는 망원경처럼 생긴 장비였다. 윤태수는 몇 번 사용해 본 적이 있는 듯 익숙하게 열 감지 카메라를 머리에 쓴 뒤 전원을 올렸다.

몇 번 눈을 깜빡여 화면에 익숙해진 윤태수는 곧바로 주변을 살폈다.

패러독스가 이 지역에 사는 모든 우든 호스를 정리해 놓은 상태다. 게다가 어마어마한 에르그 에너지를 내뿜어대는 악마가 나타난 상황.

어지간한 괴물들이라면 근처에 접근조차 하지 않을 것이다.

'이렇게 쓸 줄은 몰랐지만.'

언젠가 사용할 때가 있을지 몰라 사두었던 것이 묘수가 되었다.

'일단 북쪽부터 뒤진다.'

기지가 있는 북쪽에서 내려왔을 가능성이 높다.

그가 마음을 먹고 몸을 일으킨 순간.

콰콰콰콰쾅!

엄청난 폭음과 함께 대지가 진동했다.

'시작됐나.'

슬쩍 고개를 돌려보니 도시락의 위에서 어마어마한 스킬들이 쏟아져 내리고 있었다.

"좀만 버티십시오."

소리를 친다 해도 들리지도 않을 거리에서 조용히 읊조린 윤태수는 북쪽으로 달리기 시작했다.

＊   ＊   ＊

악마는 아무런 타격을 입지 않은 듯 날개를 펄럭이며 구덩이 위로 날아올랐다.

통하지 않는다.

신혁돈의 위해머도, 길드원들의 스킬들도 악마에게는 아무런 타격을 주지 못한 듯 보였다.

모든 길드원들의 얼굴에 경악이 서렸다.

그레이트 화이트 홀의 삼두사마저도 장난감 가지고 놀 듯 상대했던 패러독스의 길드원들이다.

그런 이들의 공격이 상처는커녕 아무런 타격도 주지 못하다니.

"이건……."

백종화가 자신도 모르게 입을 열었다가 뒷말을 삼켰지만 그의 말을 들은 이들은 충분히 뒤에 올 말을 예상할 수 있었다.

이길 수 없다.

단순한 힘의 격차가 아니라 아예 차원이 다른 존재다.

신혁돈이 말했던 브리아레오스를 눈앞에서 보면 이러할까.

지금까지 겪어본 적 없는 탈력감이 길드원들의 몸에 찾아들었다.

악마는 강자의 여유를 보이듯 천천히 날아올라 길드원들을 하나씩 바라보았고 모든 길드원들의 눈을 훑은 악마가 말했다.

"허무하군."

그 순간.

악마의 여섯 개의 팔 전부가 불길에 휩싸였다. 악마의 피부와 같은 검은색의 불꽃은 순식간에 피어올랐다가 사라졌고 불길이 사그라든 팔에는 무기가 들려 있었다.

검과 도끼. 창과 철퇴. 두 개의 도.

"헛된… 우상. 저건 헛된 우상이야."

악마가 무기를 든 채 하늘에 떠있는 사이 홍서현이 말했고 그녀의 옆에 있던 백종화가 시선조차 주지 않은 채 말했다.

"그게 뭔데!"

"바쿠스의 술을 훔친 유일한 악마예요."

계속되는 헛소리에 결국 백종화의 시선이 그녀에게로 향했고 그녀와 눈을 마주친 순간. 한소리를 하려던 백종화의 입이 다물렸다.

'눈동자가… 없다.'

홍서현의 눈 전체가 흰색으로 물들어 있었다. 그런 와중에도 그녀는 계속해서 헛소리를 지껄였다.

"이름조차 없는 악마. 그렇기에 헛된 우상으로 불리는 신. 자신을 따르는 이들에게는 힘을, 따르지 않는 이들에게는 벌을 내리는……."

홍서현은 지금 상황에 도움이 되기는커녕 혼란만 가중시키는 말을 늘어놓았고 결국 길드원들은 그녀의 말을 무시한 채 악마를 바라보았다.

악마는 여전히 하늘에 뜬 채 길드원들을 내려 보고 있었다.

'무엇을 기다리는 거지?'

방금의 공격으로 반 이상의 에르그 에너지를 소모한 길드원들에게는 꿀 같은 시간이었기에 그 누구도 섣불리 움직이지 않고 있었다.

그때.

"저거… 혹시 입은 대미지를 회복하고 있는 거 아닐까요?"

김민희의 물음에 백종화의 눈이 크게 뜨였다.

"겉으로 보기에는 아무런 타격이 없어 보이지만 실상은 타격을 입었다거나……."

김민희의 말이 끝난 순간.

"크하하하."

악마의 머리 세 개가 동시에 웃음을 터트렸고 악마의 시선이 김민희에게로 향했다.

그 순간.

악마의 몸이 마치 신형이 푹 꺼지며 사라졌고 그와 동시에 도시락의 등 위에 나타났다.

"인간의 잣대로"

"우리를"

"판단하지 말지어다."

세 머리가 동시에 목소리를 냈고 그와 함께 악마의 팔이 사방으로 무기를 뻗었다.

갑작스러운 공격에도 길드원들은 침착히 방어해 냈고 순식간에 전투가 시작되었다.

밀리 계열 각성자들이 악마의 근처로 달려들어 방어를 했고 그와 동시에 메이지 계열 각성자들이 빈틈을 노렸다.

하지만 여섯 개의 팔은 잔영이 남을 정도로 엄청난 속도로 움직이며 모든 공격을 막아냈고 어찌어찌 몸체에 직격한 공격들도 별다른 상처를 남기지 못했다.

도시락은 자신의 등 위에서 난 싸움에 반응하지도 못한 채 날개를 휘적거렸다.

"물러서!"

그때 신혁돈이 소리치며 악마의 머리를 노리고 떨어져 내렸다.

쿠웅!

신혁돈의 공격을 아예 무시할 순 없었는지 악마는 팔을 들어 신혁돈의 공격을 막아냈고 그 순간 빈틈이 생기자 아엘로의 창이 모든 방위를 점하며 날아들었다.

티티티팅! 푹!

일정 확률로 방어력을 무시하는 아엘로의 창이 악마의 가슴을 꿰뚫었다.

하지만 악마는 아무런 피해를 입지 않은 듯 가슴에 꽂힌 창을 뽑아내 김민희에게 되던졌다.

그 순간.

신혁돈의 눈매가 반짝였다.

팅!

김민희가 급하게 방패를 들어 올려 막아냈지만 켄타우로스와의 싸움으로 넝마가 되어버린 방패는 창을 완벽히 튕겨내지 못했고 결국 방패와 함께 꿰뚫리고 말았다.

"큭!"

"다시!"

신혁돈의 외침에 민희는 어깨에 꽂힌 창을 뽑아내며 정신을 집중해 다시 한 번 아엘로의 창을 움직였다.

신혁돈이 무언가를 깨달은 기미를 보이자 길드원들 또한 전보다 공격적으로 움직이며 아엘로의 창이 들어갈 공간을 열어주었고 곧 아엘로의 창이 악마의 허벅지에 꽂혔다.

푹!

섬뜩한 파육음. 하지만 피는 흐르지 않았고 악마가 창을 뽑아내자마자 순식간에 상처가 아물었다.

신혁돈은 그 광경에 집중하며 에르그 에너지의 움직임을 읽었고 깨달을 수 있었다.

'정신체!'

피와 살로 이루어진 육체를 가진 존재가 아닌 영체로 이루어진 존재가 바로 정신체다.

그러니 일반적인 공격이 통하지 않을 수밖에!

생각은 길었으나 행동은 곧바로 이루어졌다.

영혼 강타!

신혁돈은 워해머 대신 손가락을 뻗어 악마의 몸을 가리켰고 그 순간.

팡!

공기가 터지는 소리와 함께 악마의 날개가 찢겨 나갔다.

"통한다!"

터져나간 날개는 순식간에 복구되긴 했지만 드디어 대미지를 입힐 방법을 찾아냈다는 사실에 모두의 얼굴에 서려 있던 공포가 가시기 시작했다.

"거리를 벌려!"

여섯 개의 팔을 이용한 공격은 위협적이긴 했지만 받아내지 못할 정도는 아니었기에 공격이 통하는 순간부터 악마는 단순한 사냥감으로 전락할 수밖에 없었다.

자신감을 되찾은 길드원들은 차츰 체계적으로 악마의 공격을 방어했고 신혁돈은 틈틈이 영혼 강타를 사용해 악마의 육체를 흩어버렸다.

투두두둑!

어느새 몸을 회복한 김민희는 부서진 방패를 던져 버리고 본격적으로 열 개의 창을 조종하기 시작했다.

아무리 정신체라지만 창이 꽂히는 순간 고통을 무시하진 못하는지 몸을 움찔거렸고 그 빈틈을 놓칠 신혁돈이 아니었다.

팡!

"크아아!"

악마의 움직임에 빈틈이 생긴 순간 신혁돈의 영혼 강타가 세 개의 머리 중 하나를 날려 버렸다.

그러자 머리가 날아간 쪽에 있는 두 개의 팔이 축 늘어지며 무기를 떨어뜨렸다. 여섯 개의 팔로 간신히 유지되던 밸런스가 무너지자 악마는 점점 더 궁지에 몰렸고 여유가 넘치던 얼굴은 점점 일그러졌다.

*　　　　*　　　　*

"헉… 헉……."

윤태수는 터질 것 같은 폐를 느끼면서도 다리를 멈추지 않았다.

'왜? 왜 없지?'

반경 10㎞를 전부 뒤졌다. 헌데 인간은커녕 살아 있는 생물 하나를 발견하지 못했다.

도대체 왜?

이 정도 뒤졌으면 뭐 하나라도 발견하는 게 맞다. 혹시 몰라 하늘까지 보며 뛰어다녔으나 아무것도 찾을 수 없었다.

결국 한계에 다다른 윤태수는 양손으로 무릎을 쥔 채 숨을 헐떡였다.

몸을 숙이자 땀이 흘러 고글 안쪽에 고였고 윤태수는 고글을 살짝 올린 뒤 얼굴을 훔쳤다.

각성자가 된 이후로 이렇게 달려본 적이 있던가?

아니, 각성자의 체력을 가지고 달리면서 힘들다 느끼는 것 자체가 어불성설인데 이 정도의 땀이라니.

윤태수는 계속 흘러내리는 땀을 닦아내며 잠시 숨을 골랐다.

'좀 나와라.'

시간이 지체될수록 길드원들의 목숨이 위험해진다.

"젠장."

쉬고 있을 시간이 없다.

윤태수가 다시 열 감지 카메라가 달린 고글을 내려 쓴 순간.

"…어?"

바닥의 색이 다르다.

윤태수는 고글을 썼다 벗었다 하며 땅바닥의 온도를 살폈고 유난히 밝게 보이는 부분을 발견할 수 있었다.

유난히 밝게 보인다는 것은 온도가 높다는 뜻.

같은 햇빛을 받고 있는 땅의 온도가 다르다?

"…설마."

땅속인가.

의문이 든 순간.

윤태수는 고글을 올려 쓴 채로 에르그 에너지를 끌어 올렸고 그의 에르그 에너지에 반응한 고르곤의 흉갑이 윤태수의 몸을 감쌌다.

그리곤 온도가 높은 땅을 향해 고르곤의 분노를 발사했다.

콰콰쾅!

우르르릉!

"…허 씨발."

고르곤의 분노가 땅에 직격한 순간.

땅이 우르르 무너지며 땅 아래의 공간이 모습을 드러냈다.

나직이 욕설을 뱉은 윤태수는 지체하지 않고 드러난 구멍으로 몸을 던졌다.

후우우!

'깊다!'

지체할 시간이 없다는 생각에 무작정 몸을 던지긴 했으나 지하가 생각보다 깊었다.

'젠장!'

윤태수는 바닥에 떨어짐과 동시에 낙법으로 굴러 충격을 완화시켰다.

그 순간.

윤태수의 눈앞에 새카만 발이 보였다.

'발?'

불에 탄 것과 같이 보이는 인간의 발. 윤태수는 급하게 몸을 일으키며 검을 뽑아들었고 그와 동시에 공간의 전경을 한눈에 담을 수 있었다.

"…맙소사."

수많은 통나무에 불에 탄 시체가 메여 있었다. 시체의 심장에는 단검이 꽂혀 있었고 단검의 모양은 모두 같았다.

비현실적인 광경에 윤태수는 자신도 모르게 한 걸음 물러섰다.

"이게 무슨……."

바닥에서는 알 수 없는 붉은 빛이 일렁이고 있었고 그 빛은 공간의 중앙으로 이어져 있었다. 윤태수는 검을 뽑아든 채 중앙으로 걸음을 옮겼고 그곳에서 제단을 발견했다.

제단의 위에서는 새카만 불이 타오르고 있었고 그 앞에 검은 로브를 뒤집어쓴 달시가 서 있었다.

그 순간.

번쩍!

콰과과과광!

윤태수는 아무런 생각도 하지 않고 달시를 향해 고르곤의 분노를 발사했다.

빛이라곤 천장에 뚫린 구멍에서 들어오는 햇빛이 전부였던 지하가 순간 환해졌다.

번쩍!

콰과과광!

어마어마한 불기둥이 달시가 서 있던 제단을 쓸어버렸고 그 순간.

촤촤촤촤!

뱀비늘이 바닥을 훑는 소리와 함께 새카만 인영이 하늘로 솟구쳐 올랐다. 고르곤의 분노를 완벽히 피하진 못했는지 다리 부근에 불이 붙어 있었다.

고르곤의 분노를 쏜 윤태수는 하늘에 떠 있는 달시를 향해 달려들었다.

찌이잉!

금속이 크게 진동하는 소리와 동시에 윤태수의 오른손에서 빛이 쏘아졌다.

윤태수의 검에 집중하고 있던 달시는 갑자기 쏘아진 빛줄기에 당황하며 몸을 틀었지만 허공에서 몸을 틀어봤자 한계가 있었다.

픽!

빛줄기는 창처럼 달시의 허벅지를 스치고 지나가며 긴 혈흔을 남겼고 그녀는 이를 악물었다.

이대로 착지한다면 그 순간 윤태수의 검에 목이 잘릴 것이 분명한 상황!

달시는 급히 에르그 에너지를 움직였고 그와 동시에 그녀의 눈에서 새카만 기운이 뭉클거리며 흘러나왔다.

검은 비늘을 가진 뱀의 형상을 한 어두운 기운이 순식간에 달시의 몸을 감쌌다.

촤촤촤촤!

마치 거대한 아나콘다를 몸에 두른 것과 흡사한 모습이 된 달시의 신형이 허공에 고정되었고 그녀의 착지 지점에서 검을 뽑아들고 기다리고 있던 윤태수는 닭 쫓던 개가 되어 달시를 올려보았다.

검은 기운을 몸에 두른 달시는 방금보다 한결 여유로운 얼굴을 하고선 윤태수에게 물었다.

"어떻게 여길 찾았지?"

윤태수는 대답 대신 금속으로 된 오른손을 들어 올렸고 그 순간 달시의 얼굴이 형편없이 일그러졌다.

쩡!

픽!

윤태수의 손에서 새하얀 빛줄기가 발사된 순간 달시는 뱀 같은 검은 기운을 움직여 빛줄기를 쳐냈다.

빛줄기는 애꿎은 통나무를 꿰뚫었고 메여 있던 시체가 통나무를 따라 흘러내리며 거북한 살 소리를 냈고 그 소리를 들은 윤태수가 이를 갈았다.

까드득!

윤태수가 목소리를 씹듯 뱉어냈다.

"하나만 묻자. 여기 있는 시체들, 전부 사람인가?"

그의 물음에 달시가 미간을 구기며 답했다.

"그럼? 저렇게 생긴 괴물들이라도 본 적 있어? 당연히 사람이지."

"왜… 왜 그랬지?"

"하나만 묻는다며?"

달시는 말꼬리를 잡으며 미소를 지었다.

지금의 상황을 마치 장난처럼 여기는 태도에 윤태수의 눈빛이 차갑게 가라앉았다.

"미친년……."

"자주 들어."

달시의 말이 끝나기도 전에 윤태수가 가슴을 활짝 열었다. 그와 동시에 어마어마한 양의 에르그 에너지가 모여들었고 에너지가 최고점에 달한 순간.

"또 당할 거 같아?"

달시의 몸 전체가 검은 기운 속으로 빨려 들어가듯 사라졌고 그 위를 고르곤의 분노가 덮쳤다.

콰과과광!

우르르릉!

거대한 불기둥은 검은 기운을 그대로 통과해 벽을 때렸고 땅이 진동하며 흙먼지가 떨어져 내렸다.

쿵! 쿠구궁!

진동은 멈추지 않았고 지진이라도 난 듯 땅이 흔들리기 시작했다. 공동 전체가 무너질 듯 돌덩이들이 떨어져 내렸다.

그사이, 고르곤의 분노를 흘려보낸 달시가 다시 모습을 드러냈다.

"이런 미친놈이!"

달시는 자신이 공격을 당했을 때보다 더욱 화난 얼굴이 되어 윤태수를 노려보았다. 그러면서도 섣불리 덤비지 않는 모습을 본 윤태수는 확신할 수 있었다.

'공동이 무너지면 안 되는 이유가 있다!'

예측하건데, 공동 안에 악마 소환을 유지시킬 수 있는 마법진 같은 장치가 되어 있을 게 분명했다.

그리고 달시는 윤태수를 두려워하고 있다.

고래고래 소리 지르며 욕을 하는 와중에도 일정 고도를 유지하며 윤태수에게 가까이 오지 않으려 하고 있었다.

만약 윤태수를 제압할 힘을 가지고 있었다면 윤태수가 고르곤의 분노를 쏘기 전에 달려들었을 것이 분명하다.

윤태수는 천천히 고개를 끄덕인 뒤 다시 한 번 에르그 에너지를 끌어 모았다.

"안 돼!"

달시의 외침에도 불구하고 윤태수는 공동의 벽을 향해 고르곤의 분노를 쏘았다.

콰콰콰쾅!

벽에 박힌 고르곤의 분노만 세 발째.

멀쩡한 건물이라도 무너뜨릴 대미지가 박혔을 테니 이제 공동이 무너지는 것은 시간문제다.

문제는 시간이 없다는 것.

윤태수는 쉬지 않고 에르그 에너지를 끌어모았고 충분한

에너지가 모이는 대로 고르곤의 분노를 쏘아버렸다.

달시는 어찌할 바를 모르고 공중에서 발을 동동 구르고 있었다.

이대로라면 공동은 무너진다.

그렇게 된다면?

헛된 우상은 바쿠스의 곁으로 돌아갈 것이고 신혁돈 일행을 없애는 계획이 실패하고 만다.

아니, 그전에 강제로 소환이 취소되는 순간, 그 여파로 온몸이 불타 죽어버릴 것이다.

이렇게 죽으나 저렇게 죽으나!

달시는 마음을 먹은 듯 입술을 씹으며 검은 기운을 온몸에 둘렀다.

그러자 한 마리 뱀 같던 검은 기운은 달시에 몸에 스며들었고, 그녀의 피부 위로 뱀의 비늘이 돋아났다.

변화는 그것으로 멈추지 않았다.

그녀의 이마가 세로로 죽 찢어지며 새로운 눈 하나가 나타났다. 마치 뱀의 눈처럼 세로로 선 눈동자였다.

아직 변화가 남은 듯 검은 기운은 끊임없이 그녀의 몸을 들락날락하며 변화시켰다.

변화가 끝날 때까지는 어느 정도 시간이 걸릴 것 같은 상황. 두고 보고 있을 윤태수가 아니었다.

윤태수는 오른 손으로 새하얀 빛줄기를 쏘아 붙이며 허공에 떠 있는 달시에게 달려들었고 달시는 황급히 움직이며 그의 공격을 피했다.

변신 도중이라 그런 것인지 제대로 피하지 못했고 새하얀 빛줄기에 어깨를 꿰뚫리며 몸의 균형을 잃었다.

그와 동시에 날아든 윤태수의 검이 달시의 쇄골을 노리고 떨어졌다.

카가가각!

윤태수의 검이 검은 비늘을 가르며 마치 쇠와 쇠가 부딪히는 듯한 소리와 함께 불똥이 튀었다.

'베었다.'

깊진 않지만 분명히 베었다.

날아올랐던 윤태수가 바닥으로 떨어지는 순간. 어느새 변신을 마친 달시가 세 개의 눈을 번들거리며 윤태수를 향해 달려들었다.

그녀의 손끝에는 검은 기운이 둥그렇게 뭉쳐 있었는데 날카로움을 품고 있는 것이 아니었음에도 충분히 위협적으로 보였다.

'피한다.'

굳이 맞부딪혀가며 어떤 능력을 가지고 있는지 알 필요는 없다.

달시는 하피와 비슷하게 허공을 날아다니며 공격을 퍼부었고 윤태수는 공격을 피하며 기회를 노렸다.

'다행이군.'

만약 하피와 싸워본 경험이 없었다면 하늘을 나는 패턴에 당황했을지도 모른다. 하지만 수많은 하피들을 잡아 죽여본 경험 덕에 당황하지 않고 대처할 수 있었다.

"이익!"

달시는 윤태수가 자신의 공격을 피하기만 할 뿐 반격을 하지 않자 점점 더 대담하게 공격을 이어나갔다.

그 순간.

'빈틈!'

에르그 에너지를 가득 품은 윤태수의 검이 달시의 가슴을 갈랐다.

"캬아아!"

뱀의 그것과도 같은 비명과 함께 피가 분수처럼 튀어 시야를 가렸지만 윤태수는 눈 하나 깜짝하지 않고 두 번째 공격을 이어갔다.

카가각!

윤태수의 검이 달시의 왼팔을 잘라낸 순간. 달시는 고통에 찬 비명을 지르면서도 허공으로 날아올랐고 그에 맞춰 윤태수가 뛰어올라 나머지 오른팔을 베어버렸다.

순식간에 두 팔을 잃은 달시가 균형을 잃은 순간.

윤태수의 검이 달시에 복부를 갈랐다.

"커흑!"

허리가 반 이상 갈라질 정도로 큰 상처를 입은 달시가 바닥으로 떨어졌고 그녀의 상처에서 검은 기운이 뭉클거리며 흘러나왔다.

검은 기운은 흘러나가는 피를 주워 담으려는 듯 바닥으로 퍼지는 피의 주변을 맴돌았지만 피가 흐르는 것을 막지는 못했다.

윤태수는 검에 묻은 피를 털며 쓰러져 있는 달시에게 다가가 그녀의 가슴에 발을 올렸다.

그리곤 그녀의 세 번째 눈 위로 검을 올리며 말했다.

"조금만 기다려라."

마음 같아서는 당장에라도 머리를 잘라버리고 싶었지만 아직은 때가 아니었다.

*   *   *

펑! 펑! 펑!

"크아아아아!"

악마의 몸 곳곳이 부푼 풍선처럼 터져 나갔다.

세 개의 머리와 여섯 개의 팔 중 멀쩡한 것은 하나의 머리와 두 개의 팔뿐이었고 나머지는 폭탄이라도 맞은 듯 처참하게 패어 있었다.

날개마저 처참히 찢긴 악마는 날지도 못한 채 신혁돈에게 유린을 당했다. 처음에 보였던 위풍당당하던 모습은 꿈이었다는 듯 영혼 강타로 인해 몸이 터져 나갈 때마다 기괴한 비명을 질렀다.

펑!

걸레짝이 된 몸을 지탱하고 있던 다리가 영혼 강타에 터져 나가 버리자 악마는 그대로 뒤로 넘어갔다.

악마는 남은 두 팔을 움직여 기어서라도 도망치려 했지만 세뿔가시벌레의 날개를 달고 있는 신혁돈에게서 도망칠 수 있을 리가 없다.

신혁돈이 마지막 남은 머리를 손가락으로 가리킨 순간. 악마가 소리쳤다.

"그만… 그만!"

악마가 남은 두 손을 애처롭게 흔들며 애원했고 신혁돈이 답했다.

"지랄."

펑!

어마어마한 힘을 보여주었던 악마의 최후는 허무하다는 생각이 정도로 비참했다.

마지막 머리가 날아간 악마의 몸은 인간과 다름없이 맥없이 늘어졌다.

"…끝인가?"

한 걸음 물러서 전투를 바라보고 있던 백종화가 말했다. 그 사이 신혁돈은 몰맨의 손톱을 길게 빼내 악마의 가슴을 갈랐다.

아무리 정신체라 한들 실체를 유지하기 위해서는 에르그 에너지를 집약시킬 수 있는 구심점이 필요하다.

영체에 직접 타격을 줄 수 있는 스킬, 즉 영혼 강타가 없었다면 구심점 역할을 하는 심장을 찾아 부쉈어야 했을 테고 전투의 행방은 종잡을 수 없을 것이었다.

"가슴이 아닌가."

편의상 심장이라 부르긴 했지만 구심정은 심장이 아닌 매개체이기에 몸 어디에라도 있을 수 있다.

신혁돈은 시체를 도축하듯 몸 여기저기를 갈라가며 심장을 찾았고 곧 엄지 손톱만 한 붉은 보석을 발견할 수 있었다.

심장을 찾아낸 신혁돈은 곧바로 입에 넣고 씹어버렸다.

그 순간, 영혼포식이 발동되며 악마, 헛된 우상의 기억이 신혁돈의 머릿속에서 재생되었고 신혁돈이 눈을 감았다.

[각성 포식 스킬이 랭크 업하여 E 랭크가 되었습니다.]
[영혼 포식 스킬이 랭크 업하여 E 랭크가 되었습니다.]
[헛된 우상의 영혼을 흡수하셨습니다.]
[보유한 영혼의 수 : 2]

빠르게 기억을 훑은 신혁돈이 눈을 떴을 때 그를 반긴 것은 네 개의 메시지 창이었다.

대충 내용을 훑고 넘겨 버리려던 신혁돈은 메시지 창에서 시선을 떼지 못했다.

'보유한 영혼의 수가 늘었다.'

삼두사와 켄타우로스의 영혼은 모두 아엘로가 흡수해 버렸기에 보유한 영혼의 수가 늘지 않고 있었다.

'역시 힘에 따라 달라지는 것인가?'

에픽 스킬 차원 관문을 얻을 당시, '영혼의 힘이 가득 찼다'는 메시지와 함께 켈라이노의 힘이 신혁돈의 몸에 깃들었었다.

객관적으로 보더라도 켈라이노보다는 아엘로가 강하고 아엘로보다는 헛된 우상이 강하다.

즉, 스킬이 생겨도 2개는 생겨야 정상인 시점.

신혁돈이 의문을 품은 순간.

그의 몸속에 잠들어 있던 에르그 에너지가 꿈틀거리기 시작했고 그와 동시에 메시지가 떠올랐다.

[헛된 우상의 영혼이 사용자의 의지에 반응합니다.]
[아엘로의 영혼이 헛된 우상의 영혼에게 흡수되었습니다.]
[영혼의 힘이 가득 찼습니다.]
[헛된 우상의 힘이 사용자의 몸에 깃듭니다.]

새로운 스킬이자 에픽 스킬. 차원 관문을 얻었을 때와 똑같은 상황!

신혁돈의 눈이 빠르게 다음 메시지로 향했다.

헛된 우상의 힘 [Rank F, Epic, Passive & Active]

―사용자의 기억 속에 존재하는 사물을 만들어냅니다.

―살아 있는 생물은 만들어 낼 수 없습니다.

―생성된 사물은 '진실된 환영' 효과를 받습니다.

'진실된 환영'

―사물이 가진 능력을 50% 발휘합니다.

―스킬의 랭크와 사용자의 능력에 따라 능력의 효과가 증대되거나 감소됩니다.

역시 에픽 스킬!

신혁돈의 입꼬리가 숨길 수 없을 정도로 올라가기 시작했다. 스킬의 설명을 천천히 읽어본 신혁돈은 오른손에 들고 있던 뼈를 부수는 자를 내려놓았다.

그리고 저번 삶에서 보았던 지구 최강의 무기. 롱기누스의 창을 헛된 우상의 힘으로 구현해 보았다.

그러자 신혁돈의 몸에서 에르그 에너지가 꿈틀거리기 시작했고 에르그 에너지는 그의 오른손을 통해 빠져나와 형상을 갖추었다.

그때 악마의 시체를 도시락의 입을 향해 던져주고 온 백종화가 신혁돈의 손 아래로 모이는 에르그 에너지를 발견했고 명한 얼굴로 물었다.

"설마 또 스킬이 생기신 겁니까?"

신혁돈은 대답 대신 헛된 우상의 힘에 집중했다. 곧 그의 손끝에 모인 에르그 에너지는 악마의 몸이 맴돌던 붉은 기운으로 변했고 그와 동시에 창의 형상을 이루었다.

얼마 지나지 않아 신혁돈의 손아래 2미터 정도 되는 볼품없는 철제 창 한 자루가 생겨났다.

"그게 뭡니까?"

"롱기누스의 창."

"…무슨?"

당장에라도 능력을 시험해 보고 싶었지만 마땅한 상대가 없다. 신혁돈의 시선이 자연스럽게 김민희에게로 향했고 김민희는 목 뒤에 돋는 소름을 문지르며 말했다.

"왜 그런 눈으로 봐요?"

"…아니다."

아엘로의 창을 얻을 때 신혁돈이 해준 이야기를 기억하고 있던 백종화가 둥그레진 눈으로 신혁돈의 옆에 서며 물었다.

"이게 진짜 롱기누스의 창입니까?"

"일단은."

"한번 쥐어 봐도 됩니까?"

롱기누스의 창이 무슨 무기인지 기억하지 못하는 이들은

멍한 얼굴로 신혁돈과 백종화를 바라보고 있었다.

신혁돈은 고개를 끄덕인 뒤 백종화에게 롱기누스의 창을 건넸고 백종화가 창대를 쥔 순간.

파직!

에르그 에너지가 정전기 튀듯 사방으로 튀며 롱기누스의 창이 사라져 버렸다.

백종화가 어떻게 된 일이냐는 눈으로 신혁돈을 바라보았다.

"다른 사람에게 줄 순 없는 모양이군."

만약 다른 이에게 건넬 수 있다면 패러독스는 무기와 방어구. 심지어는 악세서리까지 전부 에픽 아이템으로 맞출 수 있었을 것이다.

아쉬움에 입맛을 다신 신혁돈은 각성 포식과 영혼 포식의 달라진 점을 살폈다.

영혼 포식 [Rank F, Unique, Active]
—'에르그 에너지 흡수' 효과가 적용됩니다.
—포식과 소화를 사용하지 않고도 원거리에 있는 상대의 에르그 에너지를 흡수할 수 있습니다.
—사용자의 에르그 에너지와 스킬의 랭크, 대상의 능력치에 따라 흡수량이 달라집니다.
—에르그 에너지 흡수에는 영혼 포식의 효과가 적용됩니다.

달라진 점만 읽어본 신혁돈의 입꼬리가 더 이상 올라갈 수 없을 정도로 올라갔다.

스킬의 설명대로라면 굳이 인간의 에르그 기관을 먹지 않더라도 기억을 흡수할 수 있다는 뜻이다.

즉, 윤태수가 달시를 제압해 둔 상태라면 그녀의 에르그 에너지와 함께 기억을 흡수할 수 있다는 것.

헛된 우상을 처치하며 얻은 두 가지 모두 상상 이상의 효율을 자랑하는 스킬이다.

눈앞을 가득 메우고 있는 메시지 창을 치운 신혁돈은 도시락에게 말했다.

"북서쪽으로 가자."

영혼 포식으로 흡수한 헛된 우상의 기억은 단편적이었고 개중 가장 확실한 기억은 소환된 당시의 기억이었다.

나머지 기억은 화질이 좋지 않은 영상처럼 제대로 확인하기 힘들었다.

하지만 달시가 헛된 우상을 소환한 위치는 확인할 수 있었기에 신혁돈은 도시락에게 북서쪽으로 향하라 명령한 것이다.

*　　　　　*　　　　　*

우르르릉!

공동이 당장에라도 무너져 내릴 듯 흔들렸다.

"이러다 너도 죽어."

윤태수는 불안한 눈빛으로 공동 내부를 훑어보면서도 달시의 가슴에 올려둔 발에 힘을 더했다.

달시는 양팔이 잘리고 복부를 꿰뚫리는 상처를 입었음에도 여전히 입을 나불거리고 있었다.

윤태수는 그녀의 말을 무시하며 검을 들지 않은 손으로 어깨 부근을 쓸어보았다.

'잘 작동하고 있군.'

고르곤과의 싸움 이후 윤태수는 항상 액션 카메라를 달고 다녔다.

패러독스의 전투 영상이 얼마나 큰 가치를 가지고 있는지를 알기 때문이다.

이번에도 마찬가지.

윤태수는 공동에 들어옴과 동시에 카메라를 켰었고 그 이후의 영상을 모두 녹화하고 있는 상황이었다.

공동의 내부에서 달시가 저지른 만행 전부가 윤태수의 어깨에 달린 조그만 카메라에 모두 녹화되고 있는 것이다.

우르르릉!

타다닥!

다시 한 번 공동이 지진하고 돌의 비가 내렸다.

윤태수는 마른침과 함께 불안감을 꿀꺽 삼키며 달시에게 물었다.

"왜 그랬냐?"

"뭘?"

"여기 있는 사람들을 모두 죽이면서까지 악마를 소환한 이유 말이다."

달시는 어린아이 같은 순진무구한 미소를 지으면서 답했다.

"너희를 죽이려고."

"우리?"

"그래. 눈엣가시 같은 패러독스를 이번 기회에 쳐내 버리려 한 거지."

달시가 생각 이상으로 제대로 된 협조를 해주자 윤태수의 얼굴의 의문이 떠올랐다.

'어차피 마지막이라 생각하는 건가?'

들어두어서 나쁠 것은 없다.

윤태수는 이어서 질문했다.

"누가 시킨 거지?"

만약 여기서 올마이티 혹은 그 윗존재의 이름이 나온다면?

게임 셋. 끝이다.

질문을 마친 윤태수가 살짝 입술을 깨문 순간.

"푸하하하!"

달시가 갑자기 웃음을 터뜨렸다. 너무 크게 웃어 몸이 뒤틀리자 고통이 느껴지는지 미간을 찌푸렸지만 그래도 웃음을 멈추진 않았다.

한바탕 웃음을 터뜨린 달시는,

"너 날 아주 병신으로 아는구나? 하긴 그럴 만도 하지. 이런 꼴로 이러고 누워 있으니까. 그런데 말이야. 넌 날 죽일 순 있어도 내 영혼까진 어떻게 하지 못해."

"무슨 소리지?"

윤태수의 물음에 그녀가 턱짓으로 그의 어깨를 가리켰다.

"그런 걸로 그들을 수면 위로 끌어낼 수 있을 거 같아? 꿈도 야무지시지."

질문과는 다른 대답에 윤태수가 다시 물었다.

"네 영혼까지 어떻게 하지 못한다는 게 무슨 말이지?"

"맨입으로?"

양팔이 잘리고 배에 구멍이 뚫린 채 머리에 검이 겨눠진 채로 거래를 요구하다니, 배포가 어마어마한 여자다.

"뭘 원하지?"

"음… 신혁돈의 목? 아니다. 어차피 헛된 우상이 모두 죽였을 테니 시체도 안 남았겠지. 그럼 네 심장은 어때?"

"개……"

개 소리라 말하려는 순간.

그들의 머리 위로 그림자가 졌다.

까아아악!

도시락의 울부짖음. 그리고.

드드드드드!

반가운 날갯짓 소리가 윤태수의 고막을 때렸다.

"형님!"

윤태수가 뚫어놓은 천장의 구멍을 통해 세뿔가시벌레의 폼을 한 신혁돈이 내려오고 있었다. 순식간에 윤태수의 곁에 내려선 신혁돈이 말했다.

"고생했다."

"악마는 처리하신 겁니까?"

"그러니까 왔지."

"오… 고생하셨습니다."

신혁돈은 주변을 둘러보았다. 이대로라면 언제 무너져도 이상하지 않은 상황. 공동을 천천히 훑은 신혁돈은 달시를 바라보며 말했다.

"올라가 있어라."

윤태수는 달시의 가슴에서 발을 뗀 뒤 말했다.

"저도 그러고 싶은데 전 날개가 없지 말입니다."

신혁돈의 시선이 윤태수에게로 향하자 그는 히죽 웃으며 어깨를 으쓱였다. 신혁돈은 결국 헛웃음을 흘렸고 윤태수는 그런 신혁돈의 모습을 보며 미소를 흘렸다.

"그럼 기다려라."

신혁돈은 곧바로 쓰러져 있는 달시를 향해 손을 뻗으며 정신을 집중했다.

그 순간.

신혁돈의 몸에서 보이지 않는 에르그 에너지의 기류가 뻗어 나와 달시의 머리로 파고들었다.

　그 순간.

　"뭐… 뭐야!"

　달시는 자신의 머릿속으로 파고드는 에르그 에너지를 느끼며 비명을 질렀다. 이질적인 느낌의 에르그 에너지는 머리를 통과해 그대로 몸 전체로 퍼져 나갔다.

　달시의 에르그 에너지를 대신해 그녀의 몸을 가득 채운 신혁돈의 에르그 에너지는 그녀가 가진 모든 에르그 에너지를 품은 채 그녀의 몸에서 천천히 빠져나와 신혁돈에게로 되돌아 왔다.

　"안 ㄷ… 끄으윽."

　모든 에르그 에너지를 빼앗긴 순간. 달시의 몸이 마치 미이라처럼 탄력을 잃고 쪼그라들었다.

　그 과정 전체를 옆에서 지켜보고 있던 윤태수의 입이 떡 벌어진 것은 당연한 일.

　"…세상에나. 뭐… 뭘 하신 겁니까?"

　"기억 흡수."

　신혁돈은 달시의 시체를 한 번 바라본 뒤 답했고 그 순간.

　우르르릉!

　콰과과광!

　공동이 본격적으로 무너지기 시작했다.

신혁돈은 곧바로 윤태수의 허리를 낚아채며 공동 밖으로 날아올랐고 윤태수는 카메라에 한 장면이라도 더 담기 위해 최대한 공동 안을 둘러보았다.

＊　　　＊　　　＊

아이기스 출범 이후 눈코 뜰 새 없이 바쁜 나날을 보내고 있는 조훈현은 새벽 4시가 넘어서야 잠자리에 들 수 있었다.

따리리. 따리리.

'벌써?'

눈을 감은 지 5분도 안 된 것 같은데 벌써 알람이라니.

조훈현은 떠지지 않는 눈을 억지로 뜬 뒤 몸을 일으켜 침대에 걸터앉았다. 그리곤 방에 불을 켠 뒤 곧바로 화장실로 향했다.

따리리. 따리리.

'아 알람 안 껐네.'

칫솔에 치약을 묻힌 뒤 입에 문 조훈현은 화장실에서 나와 핸드폰을 쥐었다.

"…어떤 썅"

알람이 아니라 전화 벨소리였다.

게다가 현재 시각은 4시 10분.

정말로 잠에 들고 5분도 지나지 않은 시점이었다.

마음 같아서는 배터리를 빼버리고 싶었지만 범길드 연합 아이기스의 연합장으로써 그럴 순 없는 노릇이다.

조훈현은 물고 있던 칫솔을 뱉으며 전화기의 액정을 보았고 국제전화임을 확인했다.

궁금증이 조금은 생긴 조훈현은 전화를 받았다.

"누구십니까."

─윤태숩니다.

"…예?"

─급하니까 일단 용건부터 말씀드리겠습니다. SOS 작전 도중 패러독스가 습격을 당했습니다. 범인은 올마이티의 달시라는 여자입니다.

"…조금만 천천히 말씀해 주십시오."

방금까지 분노로 뜨거워지던 머리가 차분히 가라앉았다.

─증거와 영상을 확보했습니다. 곧 이메일로 영상을 보내드릴 테니 바로 공론화시켜 주십시오.

"좀 자세히… 아니, 알겠습니다."

─예.

"다친 분은 없습니까?"

─멀쩡합니다만… 남미에서 한국으로 돌아갈 항공편이 문젭니다. 일단 도시락을 타고 미국으로 넘어가 숨어 있을 테니 이 번호로 연락주십시오.

"알겠습니다."

윤태수는 부탁한다는 말과 함께 전화를 끊었다.

침대에 앉아 한 손에는 칫솔을, 한 손에는 핸드폰을 들고 있던 조훈현은 천천히 칫솔을 입에 물었다.

무슨 일이 벌어졌기에?

올마이티가 습격을 했다?

달시는 누구야.

그럼 SOS 작전은 어떻게 되는 거지?

양치를 하며 머리를 굴리던 조훈현은 양치를 끝냄과 동시에 간수호에게 전화를 걸었다.

조훈현은 연합장이니까 잠이라도 자지. 이놈은 아직도 회사에서 일을 하고 있을 것이었다.

곧 통화가 연결되었고 간수호의 목소리가 핸드폰에서 흘러나왔다.

─예. 안 주무시고 뭐하십니까? 늦게 자면 탈모 온답…….

"올마이티가 패러독스 쳤단다."

평소처럼 농담을 던지던 간수호의 목소리가 뚝 끊겼다.

─…무슨 농담이 그렇게 살벌합니까.

"나도 농담이면 좋겠다."

─…아오. 그 개 같은 새끼들 내가 그 양키 새끼들 싹수 노란 걸 진즉에 알아봤다니까!

"시끄럽고, 애들 출근시키고 비상 걸어라. 바로 올마이티에 연락하고 이메일 확인해."

―알겠습니다, 회사에서 봅시다.

"오냐."

전화를 끊은 조훈현은 방금 벗어둔 양말에 발을 꿰며 말했다.

"자긴 글렀군."

제3장

수르트의 불꽃

호루스의 눈.

달시의 기억에서 본, 그녀에게 패러독스를 처치하라 명령한 집단의 이름이다.

저번 삶에서조차 들어본 적 없을 정도로 베일에 싸여 있는 집단.

구성원들은 이름 대신 코드 네임을 사용하고, 달시에게 직접적으로 명령을 내린 이는 일명 '프로페서'라 불리는 노인이다.

얼핏 봐서는 노인으로 보이지 않을 정도로 장대한 체구와 흉흉한 눈빛이 인상적인 사람.

호루스의 눈에는 프로페서 외에도 컨커와 가이드, 룰러 등의 인물이 있으나 달시의 기억 속에 있는 정보로는 그들의 코드 네임을 파악할 수 있을 뿐, 그 이상은 무리였다.

신혁돈의 설명을 들은 길드원들이 멍한 표정으로 그를 바라보고 있었다.

"그런 단체가 실존했던 겁니까?"

"음모론인 줄 알았더니……."

"로스차일드나 프리메이슨 같은 단체인가요?"

각자의 질문에 신혁돈은 '아직 모른다' 라는 말로 대답을 일축했다.

지금 상황에 확신할 수 있는 것은 '호루스의 눈'이라는 단체가 있다는 것. 그리고 그들은 어마어마한 힘을 가지고 있으며 그 힘을 이용해 패러독스를 노리고 있다는 것이다.

"가장 확실한 것은 호루스의 눈이 마신과 결탁을 하고 있다는 거지."

마신의 힘을 이용해 헛된 우상이라는 괴물을 소환할 정도로 강력한 힘을 보유하고 있다.

달시보다 강한 이들이 없으리라는 보장도 없으니 그들이 가진 힘이 얼마나 강할지 예상조차 되지 않는 상황.

윤태수가 짧게 혀를 찼다.

한 치 앞도 보이지 않는 와중에 이정표를 발견했다 싶었더니 목적지의 이름만 남아 있고 거리도, 방향도 지워져 있다.

"SOS는 글렀네."

작전 자체가 패러독스를 잡기 위해 만들어진 무대였는데 그것을 실패했다. 그냥 실패한 것도 아니고 모든 정보가 전 세계에 알려지게 생긴 상황.

올마이티의 입장에서는 SOS를 진행시킬 여력이 없을 것이다.

"그럼 우린 어떻게 합니까?"

머릿속이 복잡한지 한껏 인상을 찌푸린 고준영이 질문과 동시에 말을 이었다.

"한국으로 돌아가자니 올마이티 놈들… 아니 호루스의 눈 인가 하는 놈들이 그냥 보내주질 않을 테고, 그렇다고 남미에 남아서 한가롭게 괴물이나 잡을 수도 없을 것 같은데 말입니다."

고준영이 한 말 중 오랜만에 옳은 소리였다. 그의 말에 윤 태수가 살을 붙였다.

"일단 두 가지 방법이 있을 것 같습니다. 하나는 남미에 남아 괴물을 사냥하면서 힘을 기르며 올마이티의 동향을 살피는 것."

윤태수는 길드원들의 반응을 살핀 뒤 말을 이었다.

"둘째는 미국으로 넘어가 프로페서라는 놈의 모가지를 따는 것."

윤태수의 말이 끝나자마자 고준영이 짝짝 박수를 치며 동의했다.

"전 둘째입니다."

그의 말에 백종화가 흠, 하는 비음을 흘리며 말했다.

"쉽진 않을 텐데."

"언제 우리가 쉬운 길 간 적 있습니까?"

"그건 그렇지."

백종화와 윤태수의 시선이 결정을 구하는 듯 신혁돈을 바라보았다. 그는 팔짱을 낀 채로 천천히 고개를 끄덕이며 입을 열었다.

"작전은?"

"더 가드가 얼마나 잘해주냐에 따라 다를 것 같습니다. 아니, 올마이티의 대응에 따라 달라질 겁니다. 우리가 남미에 있는 동안 끝장을 보자고 달려들 가능성도 있고, 우리가 미국으로 넘어와 깽판 치는 걸 견제할 수도 있을 겁니다."

무엇하나 확실한 정보가 없으니 작전의 주춧돌을 세울 자리를 잡기가 힘들다.

윤태수가 이것저것 가설을 던졌지만 확 와 닿는 작전은 없었고 백종화와 이서윤이 끼어들어 머리를 써봤지만 그 나물에 그 밥이었다.

거의 한 시간 가까이 토론을 나누어 봤지만 결론이 나질 않았다.

어느새 해가 기우며 지평선 근처가 보랏빛으로 물들었다. 하늘을 올려본 신혁돈은 세 사람의 말을 끊으며 말했다.

"일단 움직이지."

달시를 잡은 뒤 공동 근처에 앉아 이야기를 하고 있었던 것이다.

당장 그들을 습격할 이가 없으니 지금은 안전하지만 더 가드가 영상을 공개하고 나면 어떻게 될지 모르는 상황이다.

"어디로 갑니까?"

결정이 필요한 시점.

신혁돈은 남쪽과 북쪽을 한 번씩 바라본 뒤 답했다.

"북쪽."

남미의 북쪽. 즉, 북미로 향하자는 뜻이었다.

앞으로의 행보가 결정되자 길드원들이 하나 둘 일어나 도시락에게로 향했고 가만히 앉아 졸고 있던 도시락은 그 모습을 보고선 기지개를 펴듯 날개를 펄럭였다.

베네수엘라의 최북단까지 이동하는 데만 꼬박 하루가 걸렸다.

중간중간 도시락이 허기를 채우기 위해 우든 호스를 잡아먹는 시간을 제외하더라도 20시간 이상을 날았다.

"아이고, 지친다."

하루 동안 비행기를 탄다 하더라도 지치게 마련인데 살아 있는 새의 등을 타고 하루를 보냈다.

다들 지쳐 있는 와중에 신혁돈은 가만히 앉아 계속해서 '헛된 우상의 힘'을 사용해 보았다.

이 스킬만 있다면 더 이상 무기와 방어구, 악세사리도 필요 없다.

아쉬운 점은 스킬의 랭크가 낮아 단 하나의 아이템밖에 만들지 못한다는 것.

그렇기에 하루 동안 고민을 한 것이다.

단 하나의 아이템만 사용할 수 있다면 어떤 게 가장 좋을 것인가?

단 하나만 있더라도 상상을 초월하는 능력을 발휘할 수 있는 아이템들. 개중에서도 가장 효율이 좋은 것은 단언컨대 무기다.

신혁돈의 머릿속에는 수많은 에픽 아이템들의 정보가 있다.

'무기가 좋겠군.'

그렇다면 어떤 무기를 사용할 것인가.

제일 먼저 떠오른 것은 저번 삶에 사용했던 워해머였다.

유니크 등급의 아이템이었지만 어지간한 에픽 아이템의 효율을 내던 '벤더의 워해머.'

'아니야.'

에픽 등급의 아이템을 마음대로 고를 수 있는데 무엇 하러 유니크 등급을 고르겠는가.

신혁돈은 결론을 내리지 못했고 결국 모든 무기를 만들어 손에 쥐어보았다.

대상의 방어력을 완전히 무시하는 롱기누스의 창.

죽음마저 손아귀에 둘 수 있는 리치몬드의 수정구.

괴물의 피를 마시며 성장하는 혈마의 검 등등.

하지만 모두 손에 맞지 않았다. 그러던 도중.

'아.'

한 가지 무기가 떠올랐고 신혁돈은 곧바로 정신을 집중해 헛된 우상의 힘을 발동시켰고 그의 손끝으로 에르그 에너지가 모여들었다.

그리곤 얼마 지나지 않아 활활 불타고 있는 돌덩이가 신혁돈의 손 위에 만들어졌다.

'성공인가?'

지금까지 수십 번을 사용하며 실패를 한 적이 없으니 당연히 성공일 것이다. 신혁돈은 의문을 접으며 아이템을 확인해 보았다.

수르트의 불꽃 [Epic]

─사용자의 의지에 따라 모양이 변화하는 무기.

─총 3개의 형태를 저장할 수 있는 슬롯이 있으며 성장 정도

에 따라 슬롯의 개수가 늘어납니다.

　─신들마저 두려워하는 불의 거인 무스펠스헤임의 지배자 수르트의 힘이 담긴 무기입니다. 그의 불꽃은 신의 영혼마저 태워버릴 수 있는 위력을 가지고 있습니다.

　─'수르트의 힘.'

　고대의 거인. 수르트를 소환합니다.

　수르트의 능력과 크기는 사용자의 능력. 그리고 아이템의 성장 정도에 비례합니다.

　─'수르트의 불꽃.'

　타르타로스의 왕인 하데스의 불꽃과도 건줄 만한 불꽃으로써 무엇으로도 끌 수 없습니다.

　옮겨붙은 대상의 에르그 에너지를 흡수해 타오르며 대상의 에르그 에너지가 모두 소진될 때까지 타오릅니다.

　사용자의 의지대로 조종할 수 있습니다.

　─공격력 : ∞

　사용자의 능력에 따라 공격력이 정해집니다. 그 어느 무기보다 강해질 수도, 약해질 수도 있습니다.

　─성장 가능한 아이템입니다.

　─성장 조건이 밝혀지지 않았습니다.

　─[성장 한계치 : 없음]

　"…맙소사."

에픽 아이템 중에도 급이 있는 것은 당연하다.

윤태수가 착용한 고르곤의 심장을 지키는 흉갑 또한 에픽 아이템이며 고르곤의 분노, 그리고 심장을 지키는 자라는 스킬을 가지고 있긴 하지만 수트르의 불꽃에 비하자면 애들 장난감이나 다름없다.

신혁돈의 격한 반응을 본 이들의 시선이 모여들었고 그의 손 위에 놓인 불타는 돌덩이를 발견했다.

"그건 뭡니까?"

신혁돈은 대답 대신 불타는 돌덩이를 세게 쥐었다.

그러자 돌덩이가 마치 불타는 액체처럼 손가락 사이로 흘러나왔고 그와 동시에 어떤 형체를 이루어가기 시작했다.

길드원들이 오… 하는 탄성을 흘리는 사이 수트르의 불꽃이 워해머의 모습으로 변했다.

망치와 송곳이 양쪽에 달려 있고 그 아래로 긴 손잡이가 달린 아주 기본적인 모습의 워해머였다.

문제는 하얗고 파란 불꽃이 미친 듯이 넘실거리고 있다는 것.

"…맙소사."

백종화는 방금 신혁돈이 흘린 감탄사를 똑같이 흘리며 신혁돈에게 다가왔다. 그러자 신혁돈은 수트르의 불꽃—워해머 폼을 쥔 채로 씨익 웃으며 말했다.

"수트르의 불꽃이라는 에픽 아이템이다."

"공격력은 얼마나 됩니까?"

"없어."

"예?"

"내 능력이 그대로 공격력으로 전환되는 아이템이다."

듣도 보도 못 한 능력에 윤태수가 미간을 찌푸리며 물었다.

"설마 에픽?"

"그렇지."

"워… 그런 아이템은 어디서 나신 겁니까? 그 헛된 우상이 준 겁니까?"

"아이템이 아니다. 스킬이지."

부러운 눈을 하고 있던 길드원들은 신혁돈의 말에 김이 샌 듯 허, 하고 헛웃음을 흘렸다.

* * *

남미의 섬 중에서도 가장 아름답다는 카리브.

에메랄드 바다와 형형색색의 산호. 새하얀 백사장과 높이 솟아 있는 야자수들. 그 위로 새카만 그림자가 드리웠다.

그림자는 점점 더 크기를 키웠고 곧 땅에 발을 디뎠다.

"도시락이 없었다면 끔찍했을 겁니다."

휴식을 위해 도미니카 군도에 있는 무인도에 내리자마자 도시락은 곧바로 바닥에 늘어졌다.

"거의 500km를 쉬지 않고 날아왔으니… 돌아가면 사료 공장이라도 하나 지어줘야겠습니다."

높은 고도에 올라 큰 바람을 타고 이동하는 도시락은 상상을 초월할 정도로 빨랐다.

등 위에 있던 앉아 있던 이들이 바람을 버티지 못하고 뒤로 넘어갈 정도!

결국 백종화가 바람막이용 실드를 설치한 뒤에야 제대로 앉아서 올 수 있었고 그런 속도를 낸 대가인지 도시락은 그대로 뻗어버렸다.

길드원들 또한 제대로 휴식을 취하지 못했기에 모래사장 여기저기 늘어졌다. 그사이 김민희와 이서윤은 해변으로 걸어가 바다를 구경하고 있었다.

그 모습을 아빠의 미소를 하고 바라보고 있던 윤태수는 부스럭거리는 소리에 숲 쪽으로 고개를 돌렸다.

"뭐지?"

그때.

신혁돈이 숲으로 걸어가는 것이 보였다.

'괴물?'

만약 이 섬에 괴물이 있다면 아이가투스의 눈속임 망토로 인간을 초월한 감각을 가지고 있는 신혁돈이 알아채지 못했을 리 없었다.

윤태수가 의심 섞인 눈으로 수풀을 바라본 순간.

"키엑!"

짧고 뚱뚱한 몸에 잔뜩 털이 나 있는 괴물이 툭 튀어나왔다. 원숭이와 비슷하게 생겼는데 얼굴 부분에 있어야 할 눈 코 귀가 없다.

대신 얼굴의 반 이상을 차지하는 커다란 입이 기성과 침을 동시에 뱉으며 윤태수에게 달려들었다.

"씨벌!"

깜짝 놀란 윤태수가 검을 뽑은 순간.

타타타! 팟! 퍽! 화르륵!

어느새 신혁돈이 땅을 박차며 달려들어 괴물의 허리라 짐작되는 부분을 후려쳤다.

그와 동시에 괴물이 불에 휩싸였다.

"끼에에에!"

몸에 기름이라도 두르고 있었던 것인지 얻어맞은 부분뿐만 아니라 전신이 한 번에 타올랐다.

괴물은 단말마를 남기며 타 죽어버렸고 윤태수가 신혁돈을 부르려는 순간.

"키에에!"

"끼에에에!"

섬 전체에서 괴물의 울음소리가 퍼져 나갔다.

"형님!"

당황한 윤태수가 소리친 순간.

그는 보았다.

신혁돈의 입꼬리에 걸린 희미한 미소를.

그리고 깨달았다.

'이 인간… 무기 시험하려고 일부러 괴물이 있는 섬을 골랐구나.'

어처구니가 없는 동시에 안도감이 들었다.

괴물의 포효와 함께 당황한 길드원들이 무기를 뽑아들며 달려오자 신혁돈이 그들을 보고 말했다.

"쉬고 있어라."

말을 남긴 신혁돈은 무기를 앞으로 뻗으며 말했다.

"수르트의 힘."

그 순간.

신혁돈이 들고 있는 워해머에서 어마어마한 불꽃이 쏘아졌다. 불꽃은 숲 전체를 태워버릴 듯 모든 것을 삼켰고 그와 동시에.

배꼽까지 내려오는 텁석부리 수염과 얼굴 전체를 가리는 긴 머리칼이 전부 푸른 화염으로 이루어진 거대한 불의 거인이 일어섰다.

"죽여."

신혁돈의 명령이 떨어진 순간 4미터에 달하는 불의 거인은 무너지듯 앞으로 쓰러졌다.

그리고 모든 괴물들을 쓸어버리기 시작했다.

보고 있자면 거인이라는 말보다는 그냥 거대한 불덩어리라고 하는 게 옳은 표현 같다는 생각이 들었다.

불의 거인. 수르트는 몸의 모양을 자유자재로 바꾸는 것은 물론이거니와 물리력을 자유롭게 다루었다.

불로 이루어진 채찍을 휘둘러 괴물 하나를 높이 들어 올린 뒤 던져 버린다거나 거대한 몸을 수십 개의 불덩이로 나누어 괴물들에게 쏘는 등의 기상천외한 전투 방법을 보여주었다.

"…세상에나."

"형님이 조종하시는 겁니까?"

"아니."

"그럼 자체 AI라는 건가? 전투 센스가 어마어마합니다."

모든 길드원들이 입을 떡 벌리고선 불의 거인의 활살을 지켜보고 있었다.

"저게 50%야."

"예?"

"원래 능력의 50%만 발휘하는 거라고."

"맙소사."

"무슨 사기 아이템… 아니 사기 스킬인가? 어쨌든 어마어마합니다."

불의 거인이 활동하는 중에도 신혁돈은 수르트의 불꽃—위해머 폼을 사용할 수 있었다. 즉, 듬직한 아군이 하나 생긴 셈.

물론 단점도 있긴 했다.

에르그 에너지의 소모량이 상상을 초월한다. 거의 차원 관문을 여는 수준으로 에르그 에너지가 소모되고 있었다.

"얼마나 유지할 수 있으십니까?"

"5분 정도."

비교적 약한 괴물들을 상대하고 있기에 불의 거인은 제대로 된 힘을 보이지 않고 있었다. 신혁돈은 남은 에르그 에너지 양을 체크한 뒤 불의 거인에게 명령했다.

"모든 힘을 사용해라."

신혁돈의 말이 떨어진 순간.

수십 개의 불꽃으로 나뉘어졌던 거인이 합쳐지며 원래의 모습으로 돌아왔고 얼굴이라 추정되는 것을 신혁돈 쪽으로 돌렸다.

그리고 말했다.

"알겠다."

명령을 내린 신혁돈은 물론이거니와 모든 길드원들의 입이 벌어졌다.

"…방금 저게 말한 거 나만 들은 건 아니지?"

"세상에 진짜 지능이 있는 거였어?"

"근데 왜 반말이야."

각자가 감탄을 뱉는 사이 불의 거인이 두 주먹을 꾹 쥐었다.

그러자 헛된 우상의 그것처럼 팔이 갈라지며 2개의 팔이
더 생겨났고 뒤이어 손끝으로 불이 자라나 무기의 형상을 만
들어냈다.

하나의 검과 채찍. 그리고 언월도. 모두 새파란 불꽃이 활
활 타오르고 있어 위압감이 느껴지는 모습이었다.

두 손으로 언월도를 쥐고 남은 손으로 검과 채찍을 나누어
든 불의 거인은 다시 학살을 시작했고 그것을 지켜보고 있던
고준영이 말했다.

"무슨 악마 같습니다."

"그래? 나는 정령이나 신 같은데."

고준영의 혼잣말에 윤태수가 답했다. 두 사람은 한동안 수
르트의 정체에 대해 대화를 나누다가 자연스럽게 홍서현을
바라보았다.

그들의 옆에서 팔짱을 끼고 서 있던 홍서현은 그들의 시선
을 느끼고선 궁금증을 해결시켜 주었다.

"수르트는 북유럽 신화에 나오는 거인이에요. 무스펠스헤임
의 문지기이자 지배자. 전 세계를 불태워 라그나로크를 일으
킬 거인. 신마저 죽일 수 있는 불을 다루는 이. 학술적 이론
들은 많지만 제대로 된 정보는 한두 줄뿐이라 제가 아는 건
이 정도예요."

홍서현의 말이 끝나자 고준영이 윤태수를 바라보며 말했다.

"그럼 신보다는 악마에 가깝지 않겠습니까?"

"아니지, 신을 죽이는 이라잖아. 신을 죽일 수 있으려면 적어도 신은 되야 하지 않겠어?"

아무런 가치 없는 대화를 들은 홍서현은 짧게 혀를 차고선 다시 수르트를 바라보았다.

그 순간.

수르트가 노래를 부르기 시작했다.

"Sutr ferr sunnan með sviga lævi: skinn af sverði sól valtiva!"

영어도 아니고 라틴어도 아니다. 전혀 알아들을 수 없는 말에 모두의 눈이 홍서현에게로 향했다.

"저게 무슨 노랩니까?"

"제가 무슨 백과사전이에요?"

"적어도 신화 관련해서는 그렇지 않습니까?"

윤태수의 당당한 대답에 홍서현은 어이가 없는지 헛웃음을 흘렸다.

"모르십니까?"

"고 에다에 기록되어 있는 '무녀의 예언'이라는 고서 52절에 언급되는 노래예요. 고대 노르드어로 된 노래고 뜻을 번역하자면 '수르트가 남쪽에서 오노라, 나뭇가지를 해치는 것과 함께 죽고 죽이는 신들의 태양이 그의 검에서 번쩍이리라' 정도가 되겠네요."

"오… 역시 백과사전."

길드원들은 홍서현의 지식에 감탄함과 동시에 수르트를 바라보며 다시 한 번 감탄했다.

"저 거인. 이름이 수르트라 했었나? 어쨌거나 좀 멋있는 것 같습니다."

"그러게."

전사의 진군가와 같은 노래를 부르며 적을 학살하는 불의 거인의 등에서는 웅장한 위압감. 그리고 알 수 없는 울림이 느껴졌다.

심장을 고동치게 하는 울림.

"그렇군."

수르트의 등을 바라보고 있던 백종화가 갑자기 고개를 끄덕이며 말하자 윤태수가 물었다.

"뭐가 말입니까?"

"저 노래. 버프 계열의 스킬이다. 상태창 확인해 봐."

그의 말을 들은 윤태수가 곧바로 상태창을 켜보았다.

수르트의 진군가.

—어떠한 상대에게도 겁을 먹지 않습니다.

—사기가 고조됩니다.

"오… 이런 효과도 있네."

보면 볼수록 엄청난 거인이다. 윤태수는 그런 거인을 손짓조차 하지 않고 부리는 신혁돈을 보고선 고개를 휘휘 저었다.

도대체 저 양반은 어디까지 강해질 작정인건지.

수르트의 진군가는 전투가 끝날 때까지 이어졌다. 곧 전투를 끝낸 수르트는 손을 털어 무기를 없앤 뒤 신혁돈의 앞으로 다가와 말했다.

"명령을 이행했다."

그리곤 자기 마음대로 사라져 버렸다.

그 모습을 본 이서윤이 헛웃음을 흘리며 말했다.

"성격이 주인하고 판박인데요?"

한바탕 웃음이 지나는 사이, 도시락은 새카맣게 타버려 먹을 수 없게 된 괴물들의 시체를 보며 아쉽다는 듯 작게 울음을 토했다.

그리곤 부리로 시체들을 뒤적이며 그나마 먹을 만한 것들을 찾아 돌아다녔다.

*　　　　*　　　　*

미국 워싱턴 DC 올마이티의 본사 사장실.

해가 중천에 뜬 대낮이었지만 모든 블라인드가 내려져 있어 사장실 안은 짙은 어둠이 내려 있었다.

사람이 있는 것만 간신히 구별할 수 있을 정도의 방 안에서 라쉬드의 목소리가 울렸다.

"…죄송합니다."

"자네가 죄송할 것 있나. 우리의 실수지."

프로페서의 목소리였다.

그의 인자한 말투와 목소리에도 라쉬드는 고개를 들지 못했다.

미 정부와 연계해 펼친 작전에서 불미스러운 일이 일어났다.

그냥 불미스러운 일도 아니고 전 세계에서 가장 뜨거운 감자인 패러독스를 죽이려다 실패했다.

게다가 살아 있는 인간을 바쳐서 타 차원의 괴물을 소환한 증거까지 있다.

일단 '올마이티와 달시는 아무런 관계가 없다. 하지만 사전에 방지하지 못한 것은 우리의 탓이니 전부 책임을 지겠다.'라는 성명을 발표하고 무조건 잘못했다는 식으로 굽히고 있긴 했지만 한 번 붙은 불은 쉽사리 꺼질 기미가 보이지 않았다.

"아닙니다."

"이미 지난 일일세. 그들이 '헛된 우상'을 제압하고 달시를 찾아낼 정도로 강한 이들일 거라 예측하지 못한 '가이드'의 잘못이야. 너무 자책하지 말게나."

실상 이번 작전의 실패는 라쉬드의 실수라고 보긴 힘들다.

라쉬드는 준비할 수 있는 모든 것을 했고 호루스의 눈 또한 마찬가지로 완벽히 준비했다.

아니, 그렇게 생각했다.

변수라곤 패러독스가 아닌 헛된 우상이 말을 듣지 않을 경우였는데 그것 또한 제대로 되었다.

근데 웬걸.

패러독스가 헛된 우상을 잡고 달시마저 잡아버린 것이다.

라쉬드는 여전히 고개를 숙인 채 양손을 모아 쥐고 있었다. 그의 정수리를 힐끗 본 프로페서가 물었다.

"옛일은 옛일로 묻어버리게나. 현재 패러독스의 위치는 파악되나?"

"예. 위성으로 실시간 감시 중입니다. 헛된 우상과의 전투 이후 도미니카 군도에 있는 작은 섬에 도착하는 것까지 확인했습니다."

"미국으로 오고 있는 것인가?"

"예. 아마 저를 노리고 오는 것 같습니다."

달시가 붙잡혀 목숨을 잃었다지만 정보를 주고 죽었을 리는 없다.

그들은 복수를 위해 달시에게 명령한 이를 찾을 것이고 가장 빠른 방법은 달시를 소개한 사람. 즉, 라쉬드를 잡는 것이다.

"자네 목숨이 위험하겠군."

"예."

10명이라곤 하지만 헛된 우상을 처리한 이들이다. 라쉬드 홀로 막아낼 수 없을 것은 자명한 사실.

"어떻게 할 텐가?"

"가상의 단체를 만들 생각입니다. 닭시를 뒤에서 후원하고, 세상의 전복을 꿈꾸는 테러 집단 같은 걸로. 그리고 테러를 할 겁니다."

흥미로운 계획에 프로페서의 볼이 씰룩였다.

"자세히 말해보게."

"그들이 미국으로 넘어오는 것은 기정사실입니다. 피할 수 없다면 이용해야겠지요. 지금 패러독스는 어떤 집단이 있을 것이라 추측만 하고 있는 상태입니다. 그런 와중에 겁을 잔뜩 집어먹은 제가 그들에게 모든 정보를 실토하는 겁니다. 테러 단체. 이름은 '락쉬카르'라고 하겠습니다. 어쨌거나 거짓된 정보를 주고 그들의 본거지를 알려줍니다. 물론 본거지에는 다시는 빠져나올 수 없는 함정을 쳐두어야겠지요."

그럴 듯한 작전.

"괜찮군. 헌데 하나 궁금한 게 있네."

"말씀하십시오."

의자 깊숙이 몸을 묻고 있던 프로페서는 어느새 허리를 꼿꼿이 펴고 있었다. 라쉬드 또한 고개를 들고 그의 눈을 바라보며 말을 했다.

"그들이 그렇게 쉽게 자네의 말을 믿겠나?"

"제가 함께 움직일 겁니다. 수가 틀리면 제 목을 치라하고 말입니다. 그러면 믿지 않겠습니까?"

프로페서가 라쉬드와 눈을 맞추며 물었다.

"자네의 목숨이 위험할 텐데."

"제 목숨을 걸 겁니다. '룰러'에게 더 이상 폐를 끼칠 순 없습니다."

"이미 마음을 굳힌 모양이군."

"예."

그의 굳건한 대답에 프로페서가 짧게 한숨을 뱉었다.

"그렇게 하게나."

"또다시 기회를 주셔서 감사합니다."

프로페서가 천천히 고개를 끄덕이자 라쉬드가 자리에서 일어서며 인사를 한 뒤 방을 나섰다.

그의 공간임에도 불구하고 프로페서가 홀로 생각할 시간을 주기 위해 자리를 비켜준 것이다.

라쉬드가 방문을 닫고 사라진 순간.

"안일하군."

프로페서와 라쉬드의 목소리가 아닌, 새로운 목소리가 어둠 속에서 터져 나왔다.

"왔는가?"

어둠 속의 목소리는 대답 대신 자기 할 말을 늘어놓았다.

"그들이 달시를 죽이고 헛된 우상을 잡은 게 순전히 운으로 보여?"

어둠 속 목소리는 프로페서가 대답할 시간도 주지 않고 말을 이었다.

"그들, 패러독스를 우습게 보지 마. 그들은 당신의 생각보다 강하고 영리해."

그의 말이 끝나는 순간, 프로페서가 말했다.

"추잡하군."

"…뭐?"

"자신의 한계를 인정하지 않고 상대를 드높여 자신의 실패를 덮는 꼴이라니. '가이드' 자네는 실패한 게 아닐세. 단지 실수 한 번 했을 뿐이야. 인정하고 다시……."

그 순간.

어둠 속에서 가이드가 한 걸음 걸어나오며 소리쳤다.

"개소리! 그래. 내가 실수한 건 인정하지. 그런데 덮는다? 그건 아니지. 나는 그들의 힘을 객관적으로 보라고 말하는 것 뿐이다."

프로페서는 짧게 혀를 차곤 말했다.

"어쨌거나 자네의 턴은 지나갔네. 이제는 나의 턴이니 구경이나 하는 게 어떤가?"

'가이드'는 아드득 하는 소리가 날 정도로 세게 이를 갈았다.

그에 비해 프로페서는 여유가 가득한 얼굴로 의자에 기댔고 그 모습을 본 가이드가 말했다.

"라쉬드. 저놈이 당신에게 무슨 의미가 있든 간에 이번에도 실패하면 내 손으로 죽인다."

"흠. 그럼 자네의 실패는 어떻게 되는 거지?"

가이드는 다시 한 번 으드득 이를 갈고서는 한 걸음 물러서 그림자 속으로 들어갔다.

그리곤 그대로 사라져 버렸다.

프로페서는 가이드가 사라진 어둠 속에 시선을 고정한 채 턱을 괴었다.

"멍청한 놈."

제4장
대가를 치르다

수르트의 불꽃으로 인해 모든 에르그 에너지를 소모한 신혁돈은 도시락의 위에 누워 잠에 들었다.

　그사이 괴물의 시체로 대충 배를 채운 도시락은 미국을 향해 날았고 장장 열 시간에 달하는 비행 끝에 미국, 마이애미에 도착할 수 있었다.

　마이애미 상공에 도착할 때쯤 도시락이 혀를 내빼고 숨을 헉헉거리는 통에 쉴 곳이 필요했고 신혁돈 일행은 사람이 없는 공원 쪽에 착륙했다.

　"더 가드에서 우리를 호위할 병력을 파견하기로 했습니다."

신혁돈이 잠에서 깨자 윤태수가 다가오며 말했다.

"언제쯤?"

"한국에서 오는 게 아니라, 아이기스에 가입된 길드 하나를 보내준다고 했습니다. 시간은 아마… 대여섯 시간쯤 걸릴 겁니다."

사실상 호위 병력이라기보다는 보는 눈을 만들어 두는 것이다.

아이기스의 병력들이 패러독스를 호위하기 위해 움직인다는 사실 하나만으로 세간의 시선이 집중되게 마련이고 다른 이들의 시선이 집중된 이상 올마이티나 호루스의 눈이 패러독스를 건드리기 힘들어진다.

게다가 습격의 배후로 올마이티가 지목당하고 있는 이상, 미국 땅을 밟고 있는 패러독스에게 무슨 일이 생기는 순간 올마이티가 의심을 받게 된다.

"그때까지 여기서 대기하나?"

"뭘 하던 간에 상관은 없습니다만, 저쪽에서 무슨 짓을 할지 모르니 도시로 가 있는 게 좋을 것 같습니다."

윤태수의 말에 신혁돈이 고개를 끄덕이곤 도시락을 바라보며 말했다.

"인간 폼으로 변해라."

"까악."

물빨래를 한 이불처럼 늘어져 있던 도시락은 신혁돈의 명령에 천천히 몸을 일으킨 뒤 변신하기 시작했다.

도시락이 인간 소녀로 변신하는 모습을 보고 있던 김민희가 고개를 돌리며 말했다.

"그… 애니메이션 같은 거 보면 변신할 때 빛 같은 걸로 가려주잖아요?"

"그렇지."

"그 이유를 알 것 같아요."

깃털이 피부 안으로 들어가고 우드득거리는 소리와 함께 골격이 뒤틀린다. 10미터가 넘는 날개와 몸뚱이가 압축되듯 쪼그라드는 모습은 영화에서도 본 적 없는 기괴한 장면이었다.

짧은 시간에 인간 소녀의 모습으로 변한 도시락은 윤태수가 건네주는 옷을 입었고 다가온 이서윤의 손을 쥐었다.

"항상 이 모습으로 있으면 좋을 텐데."

이서윤이 도시락의 손을 쥐는 것을 보고 있던 신혁돈이 말했다.

"그럼 가지."

에버글라데스 국립공원에 착륙했던 일행은 두 시간을 넘게 걷고서야 도시를 발견할 수 있었다.

"라마다 플로리다 시티 호텔. 이름이 마음에 드네."

"저기로 하죠."

일행들은 곧바로 호텔로 들어가 방을 잡은 뒤 더 가드, 그러니까 아이기스에서 파견한 병력들에게 위치를 알려주었다.

오랜만에 현대 문명이 주는 안락함에 취한 이들은 각자의 방에서 샤워를 마친 뒤 편안한 침대에서 쉬기 시작했다.

마음 같아서는 당장에라도 라쉬드를 잡고 프로페서의 뒤를 캐고 싶었지만 일에는 순서라는 게 있다.

일단은 라쉬드의 위치를 파악해야 하고 법에 저촉되지 않는 선에서 처리해야 한다.

한국에서라면 더 가드나 관리국에서 해결할 수 있지만 이곳은 미국이다. 아무리 전 세계적으로 위상을 떨치고 있는 패러독스라지만 엄연히 따지자면 민간 기업에 불과하기 때문에 미국 시민권자를 죽였다간 일이 복잡해지기 때문이다.

지금 할 수 있는 것은 푹 쉬면서 체력을 비축하는 것이 전부다.

오랜만에 휴식을 얻은 이들이 침대에 늘어진 지 10분.

마찬가지로 침대에 늘어져 신혁돈이 반대편 침대에 앉아 있는 윤태수를 바라보더니 말했다.

"쉽게 두질 않는군."

"예?"

"애들 모아라. 손님 왔다."

윤태수의 미간이 구겨진 순간.

마찬가지로 쉬고 있던 백종화가 창문 쪽으로 다가가 아래를 내려다보았다. 창문 아래 도로에는 검은 밴 여러 대가 호텔 쪽으로 들어오고 있었다.

"최소 40명입니다."

밴이 끝이 아니었다.

방송사 로고를 단 차량들 또한 쉴 새 없이 들어오고 있었으며 머리 위로는 방송사의 헬기들이 날아오고 있었다.

상황을 파악한 윤태수가 곧바로 전화기를 들어 각 방에 연락했고 얼마 지나지 않아 모든 길드원들이 신혁돈의 방으로 모여들었고 거실에 모여 앉았다.

"무슨 일이에요?"

아직도 젖은 머리를 하고 있는 여자 삼인방 중 이서윤이 물어왔다.

백종화는 대답 대신 창문 밖을 가리켰고 창문을 통해 고개를 내밀어본 이서윤은 입을 떡 벌렸다.

"방송국 차들이네. 저 검은 밴은 뭐고?"

"라쉬드가 왔다."

푼토 피조에서 느꼈던 그의 기운이 아래층에서 느껴지고 있었으며 그의 곁에는 여덟 명의 각성자들도 함께였다.

신혁돈의 말을 들은 백종화가 짧게 혀를 차며 말했다.

"무슨 쇼를 하려고……."

"선빵을 날리겠다는 거 아니겠습니까. 지금까지 대응을 보면 자기들은 죄가 없지만 달시를 투입한 것은 자신들이니 실수는 인정하겠다. 이런 식으로 말하고 있잖습니까? 그러니 사과도 하고 뒤통수도 안 맞을 겸 오는 겁니다."

"문제는 우리가 모든 걸 알고 있다는 거지."

"예. 라쉬드 놈은 우리가 프로페서나 호루스의 눈에 대해 아무것도 모를 거라 생각할 겁니다. 그러니 눈앞에 나타나는 만용을 부릴 수 있는 거고."

윤태수의 말을 들은 이들이 하나둘 씩 생각에 잠겼다.

패러독스가 가진 패는 라쉬드와 호루스의 눈, 그리고 구성원이다. 프로페서나 가이드 같은 이들의 이름을 알고 있는 이상 라쉬드와의 대화에서 끌어낼 수 있는 것은 무궁무진하다.

"일단 저쪽에서 준비한 카드를 들어봅시다. 우리가 미국에 도착하자마자 날아온 걸 보면 준비하고 있는 수가 있을 겁니다."

"그러지."

신혁돈 일행이 대화를 마치고 얼마 지나지 않아 방에 비치된 전화가 울렸고 윤태수가 받았다.

"예."

—라쉬드입니다.

그리곤 자신이 영어를 하지 못한다는 것을 깨닫고 홍서현을 바라보며 수화기를 건넸다. 헛웃음을 흘린 홍서현이 수화기를 받아 들었고 그녀는 고개를 끄덕이며 몇 마디를 한 뒤 전화를 끊었다.

"뭐랍니까?"

"사과의 의미로 이야기를 나누고 싶대요. 취재진을 데려온 것은 자신이 아니고 통제를 할 생각이니 걱정 말라는군요."

"…무슨 개소리야?"

라쉬드 정도 되는 위치에 있는 사람이 새어나가는 정보를 통제하지 못해 취재진을 끌고 온다?

어불성설이다.

즉, 쇼를 할 테니 참여해달라는 의미.

윤태수가 짧게 비음을 흘리며 말했다.

"흠… 패러독스와 올마이티가 한자리에 선 것을 언론에 보여주면서 깎여나간 이미지를 어떻게든 세워보겠다는 것 같습니다. 굳이 나갈 필요는 없지만… 무슨 말을 할지 궁금하긴 합니다."

"그럼 불러."

"예?"

"이리로 부르라고."

"아… 그런 방법이?"

어차피 이야기만 할 거라면 굳이 패러독스가 내려갈 필요도 없다. 그들을 올라오라 하면 되는 것이다.

간단하지만 생각하지 못했던 방법에 윤태수가 손가락을 튕기며 고개를 끄덕였고 곧바로 홍서현에게 말했다.

"경호원을 얼마든 데려와도 되니 이리로 올라오라고 해주십시오."

"예."

홍서현이 전화를 거는 동안 윤태수가 말을 이었다.

"비밀 회담을 한다는 기사가 나가거나 이미지를 줄 수도 있지만 그 정도야 뭐. 괜찮을 겁니다. 여차하면 라쉬드를 잡을 수도 있으니 이게 가장 좋은 방법인 것 같습니다."

윤태수의 말이 끝날 때 쯤 홍서현의 전화도 끝났고 수화기를 내려놓은 그녀가 말했다.

"혼자 올라온다는데요."

"⋯혼자?"

"예."

"생각보다 담이 큰 놈이네."

윤태수가 살짝 감탄을 흘리자 신혁돈이 무뚝뚝한 목소리로 받았다.

"아니면 목숨을 걸었을 수도 있지."

"흠⋯ 하긴 그렇게 크게 일을 벌여놓고 목적을 달성하기는 커녕 어마어마한 타격만 가져왔으니 그럴 수도 있겠습니다. 아니, 그럴 가능성이 더 높겠습니다."

대화를 나누는 사이 벨이 울렸고 문 가까이 있던 고준영이 일어서서 문을 열어주었다.

"헬로우."

고준영과 함께 들어온 라쉬드는 웃는 낯으로 헬로우 하고 인사를 건네며 길드원 전부와 눈을 맞추었다.

"앉아."

신혁돈의 말을 번역하지도 않았는데 라쉬드가 고개를 끄덕이며 소파 하나를 차지하고 앉았다.

그 순간. 신혁돈이 눈을 반짝이며 라쉬드의 손을 살폈고 그의 손에 끼워져 있는 반지를 발견하곤 말했다.

"바벨탑의 반지인가."

신혁돈의 말이 끝나는 순간 라쉬드의 입에서 자연스러운 한국어가 튀어나왔다.

"오… 역시 패러독스의 마스터. 안목이 뛰어나십니다."

모두가 놀라는 사이 신혁돈이 짧게 설명했다.

"언어의 장벽을 없애주는 아이템이다."

"대단하십니다."

그의 설명에 라쉬드가 박수를 치며 칭찬했지만 신혁돈은 아무런 표정 없이 답했다.

"얘기해 봐."

"예?"

"여기까지 찾아와서 해야 할 이야기."

수많은 사람들을 겪어본 라쉬드라지만 신혁돈과 같은 화법은 구사하는 사람을 만나본 적은 없는지 살짝 당황하는 모습을 보였다.

라쉬드는 천천히 고개를 끄덕이며 자신이 이해한 것이 맞는지를 확인한 뒤 입을 열었다.

"굉장히 단도직입적이시군요. 예. 일단 달시 프라가. 그녀가 벌인 만행에 대해서, 그리고 사전에 방지하지 못한 것에 대해 사과드립니다. 패러독스 여러분이 겪으신 일에 대해선 그에 합당한 금전적 보상을 할 것이며 영상에 등장하는 동굴에 있는 시신들 또한 신원 파악 및 보상에 힘쓰도록 하겠습니다."

참 대단하다.

인간의 탈을 쓰고 어찌 저렇게 뻔뻔할 수 있단 말인가.

신혁돈이 아무런 말이 없자 라쉬드가 말을 이었다.

"그 사건 이후 저희 올마이티에서는 달시의 배후를 찾기 위해 힘을 썼고 그 결과 배후의 존재를 알아내는 데 성공했습니다."

그의 말이 끝난 순간.

포커페이스를 유지하고 있던 윤태수의 입꼬리가 씰룩였다. 그 모습을 라쉬드는 살짝 미간을 찌푸리면서도 말을 이었다.

"배후에는 극우 테러단체인 '락쉬카르'가 있었습니다. 그들은 이슬람 과격 집단으로써 차원문을 신의 계시라 생각하는 이들입니다. 차원문에서 나오는 괴물들을 신처럼 숭배하는 놈들이죠. 그렇기에……."

라쉬드의 말이 쭉 이어졌지만 그의 말을 듣고 있는 사람은 없었고 대신 신혁돈과 윤태수를 바라보며 어떻게 할까요? 하는 눈으로 바라보고 있었다.

"…그렇게 되었기에 락쉬카르의 위치를 확보해 둔 상태입니다. 그리고 이 자료는 락쉬카르의 그들의 위치와 조직도 등 그들의 모든 것입니다."

"그래서?"

"…예?"

"그 락쉬카르라는 단체를 우리가 없애라?"

"그런 건 아닙니다. 달시 프라가에게 사주한 집단이 어디인지를 밝혀내는 게 중요하다 생각했기에……."

"그럼 너희들이 없애야 하는 거 아닌가? 달시 프라가는 올마이티의 이름을 달고 수십 명의 민간인을 죽인 것으로도 모자라 패러독스를 습격했지. 그 덕에 너희는 이미지에 어마어마한 타격을 입었고 말이야."

'이게 아닌데.'

당장에라도 격분해서 '우리를 습격하다니! 락쉬카르라는 놈들을 모두 죽이겠다!' 하는 것을 상상했다.

헌데 이런 논리적인 태도라니.

게다가 듣고 보니 틀린 말도 아니다. 지금 올마이티는 달시 프라가에 의해 어마어마한 손해를 입었으니 복수를 해야 하는 것은 당연한 일.

라쉬드가 답을 하지 못하자 신혁돈이 소파에 묻고 있던 허리를 펴며 말했다.

"이렇게 하지."

*　　　　*　　　　*

락쉬카르를 찾았으니 없애달라고 말하는 걸 보아 락쉬카르는 분명한 함정이다.

신혁돈이 패러독스를 이끌고 락쉬카르의 본거지를 치는 순간, 패러독스조차 감당하지 못할 괴물들이 쏟아져 나올 것이 분명하다.

라쉬드가 짠 작전의 모든 것을 간파한 신혁돈이 말했다.

"락쉬카르를 치는 데 올마이티 측에서 인원을 지원해라. 내가 함께하지."

예상은커녕 상상도 하지 못한 전개에 라쉬드의 미간이 굳었다.

길드원들 또한 생각하지 못했는지 멍한 얼굴로 신혁돈을 바라보았고 신혁돈이 말을 이었다.

"문제 있나?"

"어… 없습니다."

라쉬드의 대답이 나온 순간, 길드원들의 얼굴에 미소가 서렸다. 자신들이 준비한 함정을 자신들의 손으로 부숴야 하는 뭣 같은 경우가 되어버린 것이다.

락쉬카르의 본거지. 즉, 라쉬드가 파놓은 함정에서는 강한 괴물들을 소환하기 위한 준비가 한창이다.

신혁돈 일행이 도착하는 순간 감당하기 힘들 정도로 강한 괴물을 소환해 그들을 단번에 쓸어버리는 것이 원래의 작전이었다.

그 모든 것들이 수포로 돌아가게 생겼다.

'제기랄.'

라쉬드가 입술을 씹었다.

이대로라면 올마이티와 호루스의 눈이 격돌하게 된다. 그것도 신혁돈의 눈앞에서!

전장에서의 신혁돈의 무기가 어디로 향할지는 아무도 모른다. 그 자리에 있는 올마이티 전부와 호루스의 눈 전부를 죽인 뒤 '나만 살아남았다' 하고 돌아갈지도 모르는 노릇.

라쉬드는 짧게 숨을 고른 뒤 물었다.

"그럼 패러독스는 어디로 가게 됩니까?"

"그게 왜 궁금하지?"

신혁돈의 입꼬리가 올라갔다.

'말렸다.'

그냥 말린 것도 아니고 아주 크게 당했다. 그의 말대로 패러독스의 움직임을 라쉬드가 알아야 할 이유는 없다.

라쉬드가 답하지 못하자 신혁돈이 말을 이었다.

"이야기는 끝난 것 같군. 나 혹은 우리가 알아야 할 이야기 있나?"

라쉬드는 당황한 것을 감추기 위해 천천히 고개를 끄덕이면서 말했다.

"없습니다."

"그럼 곧바로 진행하지."

신혁돈은 라쉬드가 가져온 종이뭉치를 들어 훑어보았다.

라쉬드는 당장에라도 이 자리를 떠나고 싶은지 자꾸 문쪽으로 시선을 던졌다.

그도 그럴 것이 작전을 다시 짤 시간이 필요할 것이다. 이대로라면 자신의 꾀에 자신이 넘어가게 생겼으니.

문제는 신혁돈이 그를 혼자 둘 생각이 없다는 것이다.

"펜 하나 줘봐."

신혁돈은 윤태수에게 펜을 건네받아 종이뭉치를 읽으며 무언가를 쓰기 시작했다. 라쉬드는 그런 모습을 보고서도 아무런 생각을 할 수 없는지 멍한 얼굴로 창밖을 바라보고 있었다.

두 줄 정도를 적은 신혁돈은 종이 뭉치와 펜을 윤태수에게 건네며 말했다.

"읽어봐."

그리고 자신은 자리에서 일어나 라쉬드에게 걸어가며 말했다.

"가지."

"예?"

"시간 끌 필요 있나?"

"…없습니다."

라쉬드가 일어서자 신혁돈은 그와 함께 방을 나섰다.

신혁돈과 라쉬드가 방을 나서자 한바탕 폭풍이 지나간 듯 길드원들이 소파 위에 늘어졌다.

"뭐가 어떻게 된 건지 모르겠네."

고준영이 짧게 한숨을 토하며 방 안을 훑었고 그의 시야에 윤태수가 들어왔다.

윤태수는 신혁돈이 건네고 간 종이뭉치를 유심히 살피고 있었고 고준영이 그에게 물었다.

"그거 형님이 가져가셔야 하는 파일 아닙니까?"

그러자 윤태수가 종이 뭉치를 테이블에 내려놓았고 고준영 이 종이뭉치를 들었다.

"글씨네?"

신혁돈이 써놓은 건지 두 줄의 한글이 쓰여 있었다.

"…근데 뭐라고 쓴 겁니까?"

고준영의 물음에 윤태수가 짧게 한숨을 쉬며 말했다.

"그게 문제다."

"이 양반 심하게 악필이네."

한글이라는 것을 제외하면 도무지 알아볼 수 없는 글이 두

줄로 쓰여 있었다. 다른 이들의 눈에 보이지 않기 위해 일부러 이렇게 쓴 것은 아닐 것이다.

즉, 그냥 악필이라는 소리.

윤태수와 백종화가 때 아닌 해독을 하는 사이 이서윤이 창밖을 내다보았다.

벌떼처럼 모인 취재진들과 그들을 통제하기 위해 모인 경찰들. 그리고 무슨 일인지 궁금해하는 인파들이 호텔을 빼곡히 둘러싸고 있었다.

"신기하네."

패러독스라는 이름 하나로 이렇게 많은 사람들이 모인 것이다.

이서윤이 도시락을 품에 안은 채 구경하는 사이 해독을 마친 윤태수가 말했다.

"더 가드와 함께 프로페서를 찾아라. 라쉬드가 연락할 수 없도록 차단하고 있겠다… 대충 이런 뜻인 것 같은데."

"프로페서를 무슨 수로 찾죠?"

"…그러게."

"어떻게 찾지?"

"방법이야 찾아보면 있겠지. 일단 더 가드와 만나서 생각합시다."

윤태수의 말에 길드원들이 하나 둘씩 몸을 일으켰다. 신혁돈이 움직이기 시작했고 목표가 정해졌으니 더 이상 지체할 필요가 없게 된 것이다.

　엘리베이터가 열리는 순간.

　촤촤촤촤촤촤촤!

　카메라의 플래시 세례가 터졌다. 라쉬드는 언제 미간을 찌
푸리고 있었느냐는 듯 활짝 미소를 지으며 손을 흔들었다.

　"애쓰는군."

　신혁돈의 말에 라쉬드는 못 들은 척을 하며 로비를 향해 걸
어 나갔다. 그러자 그의 수행원들이 다가오며 기자들을 물렸
고 신혁돈은 라쉬드의 뒤를 따라 걸었다.

　기자들을 뚫고 호텔 밖으로 나오자 검은 밴이 준비되어 있
었다. 신혁돈은 라쉬드의 일거수일투족을 감시하며 그와 함
께 검은 밴에 올랐다.

　차의 문이 닫히자 바깥의 모든 소리가 차단되며 침묵이 내
려앉았다.

　"후……."

　좌석에 앉은 짧은 한숨을 토하며 라쉬드는 마른세수를 했
다. 그리곤 신혁돈을 바라보며 말했다.

　"아까 자료를 보셨는지 모르겠지만… 락쉬카르의 본거지는
맥시코에 있습니다."

　"그래서?"

　"올마이티의 인원들을 소집하고 맥시코까지 가려면 적어도

하루는 걸립니다. 그동안 계속 제 옆에 붙어계실 생각이십니까?"

"안 될 이유가 있나?"

"이유는 없지만……."

"경호받는다 생각해. 그 정도의 힘을 가진 테러 집단의 본거지를 치려는 계획을 세웠잖아. 그들이 목숨을 노릴지도 모르는 거고."

"…그 어느 때보다 안전하겠군요."

라쉬드가 다시 한 번 짧게 한숨을 뱉었다.

만약 멕시코에 준비해 둔 함정에 도착할 때까지 이 정도 거리를 유지해야 한다면 라쉬드로써는 다른 수작을 벌일 수 없다.

전화를 하든 메시지를 보내든 해야 하는데 그랬다간 신혁돈이 알아챌 수밖에 없는 거리.

그렇다고 가만히 있을 수는 없다.

라쉬드는 생각을 하기 위해 눈을 감아버렸고 그의 옆에 있던 신혁돈 또한 눈을 감았다.

그러자 시각을 제외한 다른 감각들이 또렷해지며 차 주변의 일들이 눈으로 보고 있는 것처럼 느껴졌다.

'앞뒤로 밴 한 대씩. 앞에 차에 여덟. 뒤에 차에 여섯이라.'

느껴지는 에르그 에너지만 보면 신혁돈의 상대는커녕 불의 거인 수르트만 풀어도 정리될 만한 이들이다.

별다른 것이 없자 신혁돈 또한 팔짱을 낀 채 시트에 몸을 묻었다.

차를 타고 한 시간쯤 달려 마이애미 국제공항에 도착했다.

신혁돈은 차에서 내리자마자 라쉬드의 뒤를 바짝 쫓았고 라쉬드는 반쯤 포기한 얼굴로 그의 경호 아닌 경호를 받으며 걷기 시작했다.

"여권 있으십니까?"

"없다."

"그럼 좀 문제가……."

"개소리."

마음을 먹으면 전용기라도 띄울 수 있는 게 라쉬드다. 고작 여권 하나로 문제가 생길 리가.

"나를 떨어뜨리려 할 이유라도 있나?"

"없죠."

"그럼 개수작 부리지 마. 의심이 생기려 하니까."

단호한 목소리에 라쉬드가 입술을 씹었다.

'이놈은 모든 것을 알고 있다.'

그냥 아는 것도 아니고 라쉬드가 머리를 짜내 세운 작전의 허점을 명확히 알고 그것을 뒤엎을 정도로 자세히 알고 있다.

'정보가 새어나간다?'

그럴 리 없다.

라쉬드와 프로페서. 단둘만 알고 있는 작전 정보가 새어나 갈 리는 절대 없다.

'그럼 달시?'

만약 달시가 어떠한 정보를 뱉었다면?

'가능성이 있다.'

지금 신혁돈이 라쉬드를 따라가고 있는 것은 시간을 끌기 위함이다.

적의 수뇌인 라쉬드가 머리를 사용할 수 없도록 그의 곁에 딱 붙어 올마이티 전체에 명령을 내리지 못하도록 하는 것이다.

'침착하자.'

신혁돈과 자신이 함께 있는 동안 패러독스가 무엇을 할 수 있는가?

일단 최악의 상황을 가정해 보자.

달시가 모든 것을 말했다면?

패러독스는 프로페서와 가이드의 존재, 거기에 호루스의 눈까지 알고 있다.

위치는 모를 것이다.

자신도 모르는 내용을 소모품인 달시가 알고 있을 리 없으니까.

'그럼 신혁돈이 없는 패러독스가 뭘 할 수 있지?'

머리가 터질 듯 복잡했다.

그사이 공항 안으로 들어온 라쉬드가 게이트를 통과했고 신혁돈이 그 뒤를 따랐다.

신혁돈의 예상대로 티켓이고 여권이고 필요한 것은 아무것도 없었다. 신혁돈의 뒤로 열다섯의 각성자들이 함께 통과했으나 마찬가지.

게이트를 통과하자 트랩이 걸려 있는 전용기가 눈에 들어왔고 신혁돈과 라쉬드는 곧바로 전용기에 올랐다.

그 순간, 라쉬드의 머릿속에 빛이 번쩍였다.

'비행기를 폭파할까?'

어차피 자신의 목숨은 버리기로 한 것이나 마찬가지.

비행기를 폭파시켜 신혁돈을 죽일 수 있다면?

'아니야.'

굳이 그럴 필요가 있나?

생각해 보니 라쉬드와 함께 가는 것은 신혁돈 하나다.

패러독스 전체가 아니란 말이고, 신혁돈의 앞에서 같은 편끼리 싸울 필요가 없다는 뜻이다.

그 순간.

죽을 듯한 표정을 하고 있던 라쉬드의 얼굴에 평온이 찾아왔다.

'어쨌거나 신혁돈만 죽이면 해결될 일이었군.'

맥시코에 대기 중인 이들과 자신이 데려갈 올마이티의 인원들.

이 둘을 이용해 어떻게든 신혁돈만 죽이면 되는 것이다.

만약 그가 살아나간다면 지금과는 비교도 할 수 없는 역풍을 맞게 되겠지만, 그럴 리가 있겠는가?

그가 불사신이 아닌 이상 백 명이 넘는 각성자들과 강력한 마물 앞에서 무슨 수로 살아나가겠는가.

마음이 편해진 라쉬드가 자리에 앉자 그의 바로 옆에 신혁돈이 앉았다. 신혁돈은 밝아진 라쉬드의 얼굴을 보고선 물었다.

"얼굴이 좋아졌군."

"예, 고민하고 있던 게 하나 해결되어서요."

그의 말에 신혁돈이 천천히 고개를 끄덕이며 말했다.

"옳은 결정이길 바라지."

신혁돈의 한마디에 밝게 피었던 라쉬드의 얼굴이 다시 굳었다.

'…설마 마음을 읽는 능력이라도 있는 건가?'

마이애미 공항 근처.

신혁돈이 이동한 뒤, 곧바로 더 가드와 연락해 만날 위치를 정한 이들이 모인 곳은 노천의 카페였다.

얼마 지나지 않아 노천카페 앞으로 새카만 밴이 열 대가 넘게 도착했고 시커먼 사내들이 우르르 내리기 시작했다.

"돈도 많이 버는 양반들이 삐까뻔쩍한 스포츠카나 버스 이런 거 타고 다니면 안 되나? 왜 조폭 새끼들처럼 저런 걸 타고 다닐까."

고준영이 툴툴거리는 사이 갈색 머리의 초록 눈을 한 사내가 패러독스 길드원들이 모여 있는 것을 보고선 다가왔다.

"안녕하십니까. 아이기스 미국 지부 게이트 키퍼 길드 마스터 알렉스입니다."

긴 자기 소개를 마친 알렉스가 손을 건넸다.

홍서현에게 통역을 듣고서야 저 긴 말이 다 자기소개라는 것을 깨달은 윤태수가 고개를 끄덕이며 그의 손을 맞잡았다.

"패러독스 윤태습니다."

악수를 마치자 알렉스가 고개를 끄덕인 뒤 길드원들을 살펴보며 물었다.

"마스터께서는 어디 계십니까?"

"그 일에 대해 할 이야기가 좀 있습니다."

알렉스는 주변을 슥 훑어본 뒤 수신호를 통해 길드원들을 배치시켰고 얼마 지나지 않아 노천카페에는 인간으로 만들어진 벽이 세워졌다.

"자리를 옮기자는 말이었는데… 무슨 군인들 같네. 아, 이건 통역하지 마……."

윤태수의 말이 끝나기도 전에 홍서현이 말을 해버렸고 알렉스가 씨익 웃으며 말했다.

"예, 군인들 맞습니다. 길드원 대부분이 군 출신들이죠. 여기가 불편하시면 다른 곳으로 갈까요?"

알렉스의 말에 윤태수가 어색한 미소를 흘린 뒤 말했다.

"아뇨, 여기도 괜찮은 것 같군요."

알렉스가 고개를 끄덕이자 윤태수가 입을 열었다.

"어디서부터 이야기를 해야 할까… 일단 우리를 습격했던 여자 달시. 그 여자의 뒤에는 호루스의 눈이라는 단체가 있습니다."

*   *   *

"그렇게 된 겁니다."

홍서현의 통역이 끝나자 게이트 키퍼 길드의 마스터 알렉스가 굳은 얼굴로 고개를 저었다.

"믿기 힘들군요."

서면상으로 간단히 들었던 것과는 차원이 다르다.

인간을 제물로 악마를 소환하고 그 힘을 다룬다니. 어디 신화 혹은 구전동화에나 나올 법한 이야기 아닌가?

물론 자신이 사용하는 힘 또한 충분히 비현실적이긴 하지만 악마를 소환하다니… 그건 도가 지나치지 않나?

알렉스가 자신을 합리화시키는 사이 윤태수가 말을 이었다.

"아마 락쉬카르 자체가 함정일 가능성이 높습니다. 그래서 형님, 아니 패러독스의 마스터께서 직접 가신 거고 아마 잘 해결하시고 올 겁니다."

"혼자서 말입니까?"

"예."

알렉스는 자신도 모르게 다른 길드원들의 수를 세어보았다. 열 명 모두가 이 자리에 있다. 그렇다는 것은 진짜 홀로 갔다는 뜻.

"각성자 혹은 현대 무기로 무장한 이들이 몇이나 있을지 모르는 곳에 홀로 갔단 말입니까?"

"예."

대답을 하는 윤태수의 얼굴에는 걱정이나 염려 같은 것은 하나도 묻어 있지 않았다. 상식적으로 이해가 되지 않는지 알렉스는 혼잣말을 중얼거렸다.

"아무리 패러독스의 마스터라 해도……."

"뭐 그건 저희가 알아서 하겠습니다. 게이트 키퍼 측은 저희와 함께 올마이티의 배후. 코드명 프로페서를 잡는 일에만 집중해 주시면 됩니다."

이해가 되진 않았다. 하지만 알렉스는 각성자이기 전에 군인이었고 그만큼 상명하복에 익숙한 인물이었기에 간신히 고개를 끄덕일 수 있었다.

팔짱을 끼고 있던 알렉스는 테이블에 양손을 올리며 말했다.

"알겠습니다. 프로페서라는 사람의 위치는 파악된 상태입니까?"

그의 질문에 윤태수는 숨을 크게 들이쉬며 고개를 저었다.

"그게 문제입니다. 간단한 인상착의만 알 뿐 그 사람이 어디에 있는지, 어떤 사람인지를 모르는 상태입니다."

좁은 나라라면 모르지만 이곳은 미국이다. 간단한 인상착의로 사람을 찾는 건 불가능에 가까운 게 아니라 아예 불가능하다.

알렉스는 짧게 혀를 찬 후 물었다.

"인상착의가 어떻게 됩니까?"

"나이는 60~70대. 짧은 흰머리에 나이에 맞지 않는 큰 키와 근육질의 몸. 그리고 부리부리한 눈과 넓은 하관의 남자입니다."

"특색 있는 인상착의긴 하지만 특정인을 단정 짓기는 힘들 것 같습니다."

"그렇습니다. 좀 더 디테일을 더하자면 권력자일 가능성이 높습니다."

"권력자라면 어떤······?"

"이를테면 큰 회사의 사장이라거나··· 정부 고위 관료 말입니다."

윤태수의 말을 들은 알렉스가 뒤로 손짓했다. 그러자 뒤에 서 있던 길드원 하나가 다가와 인상착의를 받아 적은 뒤 어디

론가 걸어갔다.

"일단 알아보긴 하겠습니다. 올마이티와 연관이 있는 사람
으로 추린다면 가능성은 있겠습니다만, 시간이 얼마나 걸릴지
는 모르겠군요."

"예. 저희도 나름대로 알아보겠습니다."

천천히 고개를 끄덕인 알렉스는 져가는 태양을 한번 바라
본 뒤 물었다.

"이후 일정은 어떻게 되십니까?"

"마스터가 돌아올 때까지 근처에서 대기할 생각입니다."

"패러독스의 마스터는 어디로 가셨습니까?"

"맥시코로 향하고 있다고 합니다."

"흠… 그렇군요."

윤태수의 말에 알렉스는 양손을 모아 깍지를 낀 뒤 고개를
까닥거리며 생각에 잠겼다.

정신없이 통역을 하던 홍서현은 여유가 생기자 테이블에 놓
인 커피를 한 모금 마신 뒤 주변을 둘러보았다.

50명이 넘는 사내들과 새카만 밴이 둘러싸고 있는 덕에 노
천카페에 있던 손님들은 모두 나간 지 오래였다.

패러독스가 있는 테이블을 경계하는 인원들을 제외하고선
여기저기 테이블에 앉아 다른 음료들을 마시고 있었는데 다
들 눈빛이 날카로웠다.

패러독스와는 사뭇 다른 분위기에 한 명 한 명을 살피던

홍서현의 눈에 짧은 머리를 한 사내 하나가 걸렸다.

짧은 머리에 카고 바지. 군화에 베스트까지 입고 있어 영락 없이 군인으로 보이는 사내는 패러독스가 있는 테이블을 바라보다가 홍서현과 눈이 마주치자 싱긋 웃으며 한쪽 눈을 깜빡였다.

그 순간.

사내의 눈 속에서 검은 기운이 꿈틀거렸다.

홍서현의 눈이 커졌고 그와 동시에 사내의 눈 속에 있던 검은 기운이 사라졌다.

'…마왕의 기운!'

홍서현과 눈이 마주친 사내는 그녀의 눈이 커진 이유를 모르는지 여전히 홍서현과 눈을 마주치고 있었다.

착각이라는 생각이 들 정도로 찰나의 순간이었지만 확실히 느낄 수 있었다. 헛된 우상에게서 느껴졌던 그 기운이 저 사내에게서 느껴지고 있었다.

홍서현은 그 사내에게 살짝 미소를 지어준 뒤 고개를 돌려 커피를 한 모금 마셨다. 그리곤 아무렇지 않은 목소리로 말했다.

"태수 씨."

"예."

"고개를 돌리지 말고 표정 유지하세요."

윤태수의 미간이 살짝 꿈틀거렸지만 다행히 표정이 변하진 않았다.

그들의 바로 앞에 앉아 있는 알렉스는 무슨 생각을 하고 있는지는 몰라도 그들의 대화에 신경 쓰지 않는 눈치였기에 홍서현이 말을 이었다.

"3시 방향. 갈색 머리. 카고 베스트 남자."

"예."

"마왕과 직접적으로 관련이 있는 사람이에요."

"그게 무슨… 확실한 겁니까?"

"예. 잡아야 해요."

윤태수가 알렉스를 힐끗 살핀 뒤 뒤쪽 테이블에 앉아 있는 패러독스의 길드원들을 살폈다.

홍서현이 작은 목소리로 말했기에 그들은 아직 듣지 못했는지 자기들끼리 이야기를 나누고 있었다.

알렉스에게 협조를 구했다가는 무슨 일이 벌어질지 모른다. 그렇다고 무작정 저 남자를 잡았다간 게이트 키퍼 길드에게 공격을 당할 수도 있는 상황.

윤태수가 입술을 꾹 깨물었을 때 생각을 마친 알렉스가 고개를 들며 말했다.

"남 텍사스 쪽에 저희와 뜻을 함께하는 길드가 있습니다. 일단 그쪽으로 이동한 뒤 프로페서를 찾는 건 어떻습니까? 그곳이라면 패러독스 마스터가 위험에 처했을 때 도움을 주기도 용이할 겁니다."

홍서현은 아무런 일도 없다는 듯 통역을 했고 윤태수 또한 표정을 감추며 좋은 생각이라는 듯 고개를 끄덕였다.

"좋은 생각입니다. 그전에 잠깐 길드원들과 이야기 좀 해봐도 되겠습니까?"

알렉스는 아무런 의심 없이 고개를 끄덕였고 윤태수와 홍서현이 곧바로 일어서 뒤편의 테이블로 향했다.

이야기가 얼추 마무리되자 그들을 둘러싸 인간으로 된 벽을 만들고 있던 게이트 키퍼 길드원들이 이리저리 흩어졌고 알렉스는 테이블에 앉아 커피를 홀짝였다.

윤태수와 홍서현이 테이블로 오자 백종화가 물었다.

"어떻게 됐어?"

"놀라지 말고 고개 돌리지 마십시오. 일단 다들 커피 마시면서 여유롭게 이야기하는 척하십시오."

윤태수의 말에 길드원들의 눈동자가 사방으로 튀었다. 윤태수는 아무렇지 않다는 듯 김민희의 뒤에 서며 말을 이었다.

"마왕의 끄나풀이 있습니다."

홍서현에게 들은 대로 말을 전하자 길드원들의 시선이 방황하기 시작했고 윤태수가 '커피 잔이라도 보십시오.' 하고 말하고서야 안정을 되찾았다.

"오른쪽 세 번째 테이블 짧은 갈색 머리 남자입니다."

윤태수의 말에 백종화가 곁눈질로 그 사내를 힐끗 본 뒤 에르그 에너지를 살펴본 뒤 말했다.

"별다를 거 없는데."

"아뇨. 확실해요."

홍서현이 단언하자 백종화의 시선이 그녀에게로 향했다. 어쨌거나 가이아의 사제인 그녀가 저 사람을 마왕의 끄나풀이라 한다면 일단은 믿는 게 맞다.

판단을 내린 백종화는 짧게 고개를 끄덕인 뒤 윤태수에게 물었다.

"방법이 있나?"

"형님이 언령으로 저놈을 공중에 띄운 뒤 민희가 아엘로의 창으로 움직이지 못하게 겨눕니다. 그와 동시에 서현 씨가 알렉스와 모두를 설득하면 됩니다."

"말은 쉬운데……."

모두의 시선이 홍서현에게로 향했다.

과연 이 많은 사람들 사이에서 소리친다고 들리긴 할까가 문제다. 홍서현이 음… 하고 비음을 흘리는 사이 백종화가 말했다.

"이건 어때? 내가 모두를 멈추지. 그 순간 민희가 창으로 저놈을 못 움직이게 하고 그때 서현 씨가 말하는 거야."

"몇 초 정도 멈춰두실 수 있으십니까?"

"준비 시간 2분. 멈출 수 있는 시간은 3초 정도."

"그럼 2분 뒤 신호를 드리겠습니다."

"그래."

대화를 마친 윤태수는 웃는 낯으로 뒤로 돌았고 그의 얼굴을 본 알렉스가 물어왔다.

"어떻게 되었습니까?"

윤태수는 테이블로 다가가며 말을 받았다.

"말씀하신 대로 하기로 결정했습니다."

"예. 그럼 지금 출발할까요?"

"아뇨. 그전에 드릴 말씀이 하나 있습니다."

알렉스는 엉덩이를 들다가 무슨 일인지 짐작조차 하지 못하는 얼굴로 다시 의자에 앉으며 윤태수를 바라보았다.

"일단 질문부터 하나 드려도 되겠습니까?"

"보안이 필요한 질문입니까?"

알렉스는 고개를 돌려 부하들을 바라보며 물었고 윤태수는 아니라 대답하며 말을 이었다.

"아이기스에 가입하신 뒤에 신입 길드원을 모집한 적 있으십니까?"

"없습니다."

'94··· 95··· 96······.'

말을 하면서도 속으로 초를 세고 있던 윤태수는 손가락을 까닥이는 것으로 초침을 대신하며 다시 물었다.

"그럼 길드 내에서 정보가 새거나 배신자가 있을 가능성은 없는 겁니까?"

알렉스는 멍한 얼굴이 되어 통역하는 홍서현이 아닌 윤태수에게 시선을 돌리며 말했다.

"당연합니다."

'109… 110… 111…….'

"만약 있다면, 그리고 저희가 발견했다면 어떻게 하시겠습니까?"

통역이 끝난 순간.

"설마…….."

알렉스가 고개를 돌리며 길드원들을 살폈고 그와 동시에 윤태수가 소리쳤다.

"지금!"

타다닥! 쩌적! 휘이익!

벌떡 일어서던 알렉스를 포함한 오십 명가량의 움직임이 모두 멈추었다. 그 순간 김민희의 등에 있던 아엘로의 창이 날아가 마왕의 끄나풀로 추정되는 이를 포위했으며 홍서현이 소리쳤다.

"저 사람은 마왕의 끄나풀이에요!"

그와 동시에 공간 장악을 하고 있는 백종화를 제외한 모든 패러독스 길드원들이 쏘아진 화살처럼 움직여 갈색 머리 사내를 포위했다.

이 모든 것이 3초 만에 벌어진 일!

3초가 지나 백종화의 공간 장악이 풀리자마자 당황한 게이트 키퍼의 길드원들이 부랴부랴 무기를 뽑아들었지만 상황은 이미 종료된 것이나 마찬가지였다.

"신이시여……."

알렉스 또한 당황한 것을 감추지 못하고 얼굴에 드러내고 있었다.

그가 놀란 것은 자신의 길드원 중 배신자가 있다는 것이 아니라 패러독스 길드원들 때문이었다.

'도대체 어떻게?'

오십 명에 달하는 길드원들은 어중이떠중이가 아니다. 미국 전역에서도 알아주는 각성자들인 데다가 하루도 쉬지 않고 자기 단련을 하고 있는 베테랑들이다.

그런 이들이 한 명의 스킬에 의하여 몸이 굳어버렸다.

그것도 3초 동안이나.

전장에서의 3초면 오십 명 모두 목숨을 잃고도 남는 시간이다.

알렉스가 멍한 얼굴로 게이트 키퍼의 길드원들 또한 어찌할 바를 모른 채 패러독스와 알렉스를 번갈아보고 있었다.

"알렉스, 정신 차리십시오. 저자가 마왕의 끄나풀입니다."

윤태수의 부름에 정신을 차린 알렉스가 패러독스에게 포위당한 자신의 길드원을 바라보며 말했다.

"에디. 저들의 말이 사실인가?"

모두의 시선이 그에게로 집중된 순간. 에디라 불린 사내가 미소를 지었다.

"그럴 리가 있습니까? 저는 자랑스러운 게이트 키퍼의 일원입니다."

그의 말이 끝나자 홍서현이 에디에게 다가가 손을 쥐었다.

"그럼 증명해 봐."

그 순간.

홍서현이 가진 가이아의 기운이 에디의 몸으로 흘러들어가기 시작했다.

*   *   *

라쉬드는 눈을 껌뻑이며 차창 밖을 내다보았다.

어느덧 멕시코에 도착한지도 4시간이 지났고, 그동안 신혁돈과 라쉬드는 같은 차를 타고 이동하고 있었다.

그들의 앞뒤로 십여 대에 가까운 차량이 함께 움직이고 있었고, 차 안은 올마이티 중에서도 라쉬드를 따르는 이들로 가득 차 있었다.

신혁돈은 비행기에서 내려 지금까지 아무런 말이 없었다.

'도대체 무슨 생각을 하고 있는 거지?'

신혁돈은 락쉬카르 자체가 함정이라는 것을 알고 있을 것이다.

그게 아니라면 라쉬드와 함께 움직이는 것을 고집하고 있을 이유가 없다.

'날 인질로 삼을 생각인가?'

말이 되지 않는다.

자신을 인질 삼아 함정을 벗어난다 한들 이 넓은 미국 땅에서 무얼 할 수 있단 말인가? 게다가 신혁돈은 혼자다.

패러독스도 없는 와중에 그 혼자 할 수 있는 것이 무엇이 있을까.

홀로 고민하던 라쉬드는 눈꺼풀에 힘을 주어 눈을 꾹 감았다가 떴다.

'어쨌거나 신혁돈은 오늘 죽는다.'

이미 죽음을 각오한 라쉬드다. 자신의 목숨을 인질로 잡는다고 해도, 신혁돈을 살려 보낼 생각은 추호도 없었다.

마음을 다잡아보았지만 불안함은 가시지 않았고 결국 라쉬드가 창문을 열었을 때, 신혁돈이 말했다.

"불안한가?"

흠칫 놀란 라쉬드는 놀란 것을 숨기며 그를 바라보았다.

"뭐가 말입니까?"

"그렇게 보이는데."

"불안할 게 뭐있습니까. 패러독스의 마스터, 신혁돈 씨께서 제 옆에 계신데."

"그래서 불안해하는 것 같은데."

의표를 찔린 라쉬드는 하하, 하고 짧게 웃은 뒤 답했다.

"아무래도 일선에 서서 전투를 해본 경험이 얼마 없어서요.

그것도 테러 집단과의 전투라니 저도 모르게 긴장이 되나 봅니다."

라쉬드의 말이 끝나자 신혁돈이 입꼬리를 스멀스멀 올리며 웃었다. 그게 마치 비웃음처럼 보여 기분이 나빴지만 별다른 말은 할 수 없던 라쉬드는 창밖으로 시선을 던졌다.

그러자 그의 뒤통수에 대고 신혁돈이 말했다.

"올마이티의 병력은 이게 전부인가?"

"예. 6등급 각성자 60명입니다."

그레이트 화이트 홀이 나타난 이후, 각성자들의 성장이 급격히 빨라졌기에 6등급을 넘어선 7등급 각성자까지 나타난 상태였다.

하지만 6등급 각성자의 수가 많은 것은 아니었다. 그렇기에 6등급 각성자 60명을 투입했다는 것에서 라쉬드의 각오를 느낄 수 있었다.

"락쉬카르는?"

"지금 파악되는 수로는 7등급 각성자 둘과 6등급 각성자 서른 정도입니다."

라쉬드 한 명이 동원했다 생각하기엔 각성자들의 수가 많다.

즉, 프로페서 혹은 다른 호루스의 눈의 힘이 개입되어 있다는 뜻.

이번 전투를 이긴 뒤 영혼 포식을 통해 기억을 흡수하면

많은 정보를 얻을 수 있다는 것과도 일맥상통한다.

천천히 고개를 끄덕인 신혁돈인 라쉬드에게서 시선을 돌린 뒤 앞좌석을 보았다.

운전하는 이 또한 6등급 각성자다.

'전보다 빠르군.'

각성자들은 확실히 저번 삶보다 빠르게 강해지고 있다. 저번 삶에서의 6등급 각성자들이 등장하는 시기는 차원문이 등장하고 3년은 지난 뒤였다.

신혁돈이 회귀한 뒤로 아직 1년의 세월도 흐르지 않은 지금, 벌써 6등급 각성자들이 등장하고 있다.

앞으로 모든 마왕을 처리하고 마신을 죽이는 데 도움이 될 각성자들이 빠르게 강해진다는 것은 분명한 청신호다.

고개를 끄덕여 잡념을 털어낸 신혁돈은 라쉬드가 한 말에 집중했다.

7등급 한 명과 6등급 백 명가량.

만약 헛된 우상의 힘을 얻기 전이었다면 아무리 신혁돈이라도 상대하지 못할 만큼 많은 수였다.

하지만 지금은 다르다.

수르트뿐만 아니라 신혁돈의 머릿속에는 수없이 많은 에픽 아이템의 정보가 들어차 있고, 이것을 이용하면 6등급 각성자들 따위는 상처 하나 없이 처리할 수 있을 것이다.

이것이 에픽 스킬의 힘이었다.

＊　　　　　＊　　　　　＊

"끄으윽."

홍서현의 손이 에디의 몸에 닿은 순간.

그녀의 몸속에 있던 가이아의 에너지가 그의 몸속으로 흘러들어 갔고 그와 동시에 에디가 신음을 흘리기 시작했다.

게이트 키퍼의 길드원들은 눈알만 뒤룩뒤룩 굴릴 뿐 나서지 못했고 그사이 에디의 비명은 더욱 커졌다.

"보스!"

알렉스의 옆에 서 있던 이가 그를 불렀다. 결정을 내려달라는 것이다. 알렉스는 입술을 한 번 깨문 뒤 윤태수를 바라보며 말했다.

"확실합니까?"

간단한 영어였기에 윤태수는 곧바로 알아들었고 알렉스를 바라보며 고개를 끄덕였다.

그의 눈빛 속에 들어찬 확신을 본 알렉스는 다시 한 번 입술을 깨물었다.

할 수 있는 것이 없었다.

에디를 구하기 위해 패러독스와 싸운다?

이길 수 없을 것이다. 게다가 지금의 상황만 봐서는 에디가 스파이인지 아닌지도 확실치 않은 상황인 데다가 스파이가

맞든 아니든 에디를 죽이진 않을 것이다.

판단을 내린 알렉스가 소리쳤다.

"일단 대기한다."

그의 말이 끝나기 무섭게 에디의 눈이 검게 물들었다.

마치 눈동자가 커져서 흰자까지 잡아먹은 것같이 보이는 상황.

그와 동시에 에디의 피부에서 검은 기운이 스멀스멀 기어나오기 시작했다.

"…맙소사."

에디의 몸속에서 뛰노는 가이아의 기운을 피하기 위해 마왕의 기운이 몸 밖으로 빠져나오는 것이다.

"이 남자의 능력은 뭐죠?"

"신체 강화입니다."

에디의 팔을 붙잡고 있는 홍서현이 물었고 알렉스가 답했다.

평범한 신체 강화 능력이라면 저런 검은 기류를 몸속에 품고 있을 리 없으니 마왕의 편에 가담해 그들의 기운을 받은 것이 확실해진 것이다.

알렉스는 조금 더 확신을 갖기 위해 에디에게 다가가 손을 뻗었다.

그 순간.

파아아악!

에디의 몸에서 흘러나오고 있던 검은 기운이 에디의 몸 전체를 감쌌고 그와 동시에 충격파가 발산되었다.

그 때문에 에디의 팔을 붙잡고 있던 홍서현이 뒤로 밀려났다.

마치 먹물을 뒤집어쓴 듯 온몸이 시커멓게 물든 에디가 자신을 둘러싸고 있는 패러독스들을 바라보았다.

그리고 팔을 움직여 검을 뽑은 순간.

채앵! 휘이익! 푹! 퍼석!

바람을 가르는 소리와 함께 아엘로의 창이 그의 사지를 꿰뚫었다. 아엘로의 창은 에디의 몸을 뚫은 것으로 멈추지 않고 그를 벽에 박아버렸다.

"끄아아아!"

에디는 비명을 지름과 동시에 창이 꽂혀 있는 양손을 힘껏 당겼다.

콰드득! 촤악!

양손이 갈라지며 피가 쏟아지고 뼈가 박살 났지만 에디는 거기서 멈추지 않고 다리까지 빼낸 뒤 바닥으로 쓰러졌다.

"세상에……."

양손과 다리의 상처에서 흐른 피가 카페의 바닥을 적셨지만 에디는 쓰러지지 않았고 비척거리면서도 몸을 일으켰다.

"상처가… 낫고 있다."

알렉스의 말대로 아엘로의 창에 꿰뚫렸던 상처 부분이 눈에 보일 정도로 빠르게 아물고 있었다.

"그으으으으."

고통에 찬 신음도, 말소리도 아닌 짐승의 울음과도 비슷한 소리를 흘린 에디가 바닥에 떨어진 검을 주워들었다.

"이제 믿어요?"

홍서현은 당장에라도 눈앞에 있는 패러독스들을 찢어발겨 버리겠다는 듯 눈을 부라리고 있는 에디는 안중에도 없는 듯 알렉스에게 물어왔다.

물음은 알렉스에게 향한 것이었지만 게이트 키퍼들 전체가 천천히 고개를 끄덕였다.

인간이라면 절대 할 수 없을 만한 행동을 보이고 있는 데다가 자신에 대한 어떠한 변호도 하지 않는 모습은 그를 마왕의 끄나풀이라 생각하기 충분한 증거가 될 수밖에 없는 상황.

다른 이들의 암묵적 동의를 얻자 윤태수가 말했다.

"어차피 혁돈 형님 와야 기억을 읽든 뭘 하니까 일단 제압해 둡시다."

윤태수의 말이 끝나기 무섭게 세 떨거지가 무기도 들지 않은 채 에디에게 다가섰다. 그러자 알렉스가 화들짝 놀라며 소리쳤고……

"에디는 6등급 극후반의 능력자입니다! 아무리 세 사람이라지만 검을 든 상대에게 맨손은 위험……"

그의 말은 끝까지 이어지지 못했다.

뻑!

세 사람이 나설 것도 없이 고준영의 레프트 훅이 보이지도 않는 속도로 에디의 턱을 후려쳤다.

뻑! 탁! 챙그랑!

턱이 오른쪽으로 돌아감과 동시에 고준영의 오른손이 다시 한 번 에디의 턱을 후렸고 그와 동시에 휘청거리고 있는 에디의 손을 후려 차서 손에 들린 검을 떨어뜨렸다.

"이건 무슨……."

아무리 아엘로의 창에 당해 피해를 입었었다지만 상처는 회복된 지 오래다. 게다가 알 수 없는 기운으로 온몸을 뒤덮은 상황.

전보다 강했으면 강했지 절대 약하진 않아야 정상인 상황이다.

그런데 6등급 능력자인 에디가 볼품없이 얻어터지고 있다. 그것도 패러독스 인원 중 그다지 유명하지도 않은 이에게!

뻑! 뻑! 뻑!

고준영의 주먹은 무거웠지만 재빨랐고 직선으로 보였지만 변화무쌍함을 자랑했다.

눈까지 새카맣게 물든 에디는 어떻게든 가드를 올리고 반격을 하기 위해 눈을 번들거렸지만 주먹 한 번 뻗어보지 못한 채 쉴 새 없이 얻어터졌다.

게다가 잔인했다.

얻어맞은 에디가 중심을 잃고 쓰러지려하면 반대편을 후려쳐 중심을 잡아준 뒤 다시 팬다.

털썩.

결국 다리의 힘이 풀린 에디가 뒤로 넘어가자 고준영이 마운트 포지션. 즉, 쓰러진 에디의 가슴팍에 올라타 머리채를 쥐고 턱을 후려치기 시작했다.

섬뜩한 타격음이 아무런 소리도 나지 않는 카페를 가득 메웠고 곧, 에디의 눈동자가 풀리고 피부색이 원래대로 돌아오고 나서야 고준영의 주먹질이 멈췄다.

그는 주먹에 묻은 피를 에디의 몸에 문질러 닦은 뒤 일어서며 말했다.

"끄나풀이라 그런가? 좀 약한데."

홍서현이 통역을 해주었다면 게이트 키퍼 길드원들이 입에 거품을 물만한 내용을 아무렇지도 않게 뱉은 고준영은 홍서현을 바라보았다.

"더 없습니까?"

"예?"

"마왕의 끄나풀 말이요. 하나만 심었을 것 같진 않은데."

고준영답지 않은 날카로운 말에 홍서현이 오, 하는 소리와 함께 나머지 길드원들을 살폈다.

그 순간.

타다닥!

슬금슬금 몸을 움직여 노천카페 바깥으로 이동하고 있던 길드원 하나가 도주하기 시작했다.

"거봐. 하나 더 있다니까."

말을 마친 고준영이 달리기 시작했다.

그의 능력은 '순간 가속'.

2차 각성까지 마친 그의 속도를 일반 각성자가 따돌릴 수 있을 리는 만무했다.

몇 미터 뛰지도 못하고 뒤를 잡힌 끄나풀은 곧바로 온몸에서 새카만 기운을 끌어올리며 뒤로 돌아 고준영에게 검을 휘둘렀다.

3초도 되지 않아 벌어진 상황에 게이트 키퍼들은 아직 상황파악조차 하지 못하고 있는 와중, 정신을 잃은 에디에 가슴에 발을 올리고 있는 윤태수를 제외한 모든 밀리 계열 능력자들이 달려 나와 끄나풀을 포위했다.

손쉽게 검을 피한 고준영이 검을 든 손을 후려쳐 검을 떨어뜨린 뒤 물었다.

"맞고 갈래? 아니면 포기할래?"

그 순간, 그의 옆으로 다가온 한연수가 혀를 차며 말했다.

"한국어로 하면 잘도 알아듣겠다."

고준영이 아, 하고 탄성을 뱉은 순간.

끄나풀이 손을 들어 자신의 가슴을 후려쳤다.

아니, 후려치려 했다.

하지만 어느새 고준영이 그의 손을 쥐었고 그의 시도는 무산되었다.

"어딜 쉽게 뒤지려고."

빽!

고준영은 그의 손을 쥔 채 얼굴을 후려쳤고 끄나풀은 쓰러질 듯 몸을 휘청거렸지만 손을 잡힌 덕에 쓰러지지 않았다.

마치 고무줄에 걸린 공을 튕기듯 고준영은 그가 정신을 잃을 때까지 두들겨 팼고 곧 검은 기운이 걷히자 고준영의 주먹이 멈추었다.

그제야 고준영이 끄나풀의 손을 놓았고 끄나풀은 그대로 바닥으로 쓰러졌다.

그 모습을 본 윤태수가 알렉스를 보며 말했다.

"자, 이제 이야기 좀 해봅시다."

*   *   *

총 11대의 차량이 아무것도 없는 황무지를 가로지르고 있다. 일렬로 서서 달리는 차량대의 정중앙 차량. 그 안에 신혁돈과 라쉬드가 있었다.

"곧 도착합니다."

차량을 타고 달린 지도 어느덧 6시간이 지났고 멕시코에 도착할 때만 하더라도 중천에 떠 있던 해는 어느새 지평선 끝에 걸려 반쪽짜리 얼굴을 살포시 보이고 있었다.

져가는 노을을 바라보던 신혁돈이 고개를 돌려 라쉬드를 바라보자 그가 손을 뻗어 창밖을 가리켰다.

"저기입니다."

그의 손끝에 커다란 창고 네 채가 걸렸고 신혁돈의 눈이 그곳으로 향했다.

창고의 옆으로는 드넓은 농작지가 펼쳐져 있어 얼핏 봐서는 평범한 농작지로 보였다. 하지만 그곳에서 느껴지는 기운은 헛된 우상의 그것과 같았다.

함정이라는 것을 숨길 생각조차 없는지 대놓고 지어져 있는 건물에 헛웃음을 흘린 신혁돈이 말했다.

"저곳이 테러 단체의 본거지라고?"

"본거지라기보다는 임시기지입니다. 그렇게 안 보이시겠지만… 저들이 노리는 게 바로 그겁니다. 설마 이런 곳에 비밀기지를 두겠어? 하는 의심 말입니다."

함정이 가까워지자 자신감을 찾은 것인지 아니면 포기를 한 건지 모를 초탈한 얼굴의 라쉬드가 청산유수로 답했다.

"작전은?"

"패러독스의 마스터가 계신데 무슨 작전이 필요하겠습니까. 전면전으로 압살하는 게 전부입니다. 아, 물론 정보를 얻어야 하니 우두머리는 살려둬야겠죠."

말을 마친 라쉬드가 서류 가방에서 종이 한 장을 꺼내 신혁돈에게 건넸다. 종이에는 남미계 중년 사내의 얼굴이 프린트되었고 그 밑으로는 영어로 뭐라뭐라 쓰여 있었다.

'어이가 없군.'

이제는 속일 생각조차 없는 듯했다. 아니, 분명 그렇다.

임시기지라 한들 테러 단체의 소굴이다. 적어도 어떻게 침투를 한다던가 하는 작전으로 구색잡기라도 해야 하는 것 아닌가?

눈 가리고 아웅하는 것도 정도가 있어야 할 것 아닌가.

그사이에도 차는 계속 움직였고 곧 핸들을 꺾어 농작지로 들어갔다.

몇 헥타르는 될 듯한 넓은 농작지의 가운데에 네 채의 거대한 창고가 있었고, 그 가운데 평범해 보이는 가정집 한 채가 있었다.

차는 창고에서 100미터 정도 떨어진 곳에서 정지했고 그와 동시에 올마이티 소속 각성자들이 우르르 내려 라쉬드와 신혁돈의 차를 둘러쌌다.

그들의 행동과 눈빛을 본 신혁돈이 천천히 고개를 끄덕였다.

'그런가.'

이들이 아직까지 연기를 하고 있는 이유는 단 하나.

라쉬드와 신혁돈이 붙어 있기 때문이었다.

라쉬드는 올마이티의 길드 마스터. 만약 신혁돈을 공격했다가 라쉬드를 인질로 잡기라도 한다면 일이 복잡해지기 때문에 신혁돈과 라쉬드를 떨어뜨려 놓은 뒤 일을 벌이려는 것이었다.

하나의 동작으로 그들의 모든 속셈을 파악한 신혁돈은 일부러 라쉬드보다 늦게 차에서 내렸다.

그러자 라쉬드는 이때가 기회라 생각했는지 차에서 내리자마자 훌쩍 몸을 날려 길드원들의 틈 사이로 숨었고 그와 동시에 모든 각성자들이 신혁돈이 탄 차를 포위했다.

그 순간.

커다란 창고의 문이 양쪽으로 열리며 인원들이 쏟아져 나오기 시작했다.

각성자들부터 총을 든 이들까지, 인종도 가지각색인 이들은 순식간에 튀어나와 이중 삼중의 포위망을 만들었고 그제야 안심을 한 라쉬드가 포위망 밖에서 소리쳤다.

"미친놈!"

라쉬드가 이야기했던 것보다 훨씬 많은 수다.

이 자리에 모인 각성자들의 수만 하더라도 백오십은 될 듯했고 총 같은 개인 화기를 든 이들의 수는 더욱 많다.

문제는 7등급 각성자가 없다는 것.

지금 신혁돈의 에르그 에너지 보유량과 전투력을 등급으로 치자면 12등급 정도로 볼 수 있다.

12등급의 각성자 하나를 상대하기 위해서는 11등급의 각성자 넷이 필요하다. 10등급은 16명.

그렇다면 6등급 각성자는 몇 명이 필요할까?

등급의 차이도 중요하지만 무엇보다 중요한 것은 2차 각성의 유무다. 만약 저들 중 2차 각성을 한 사람이 단 하나라도 있다면 신혁돈은 조금이라도 긴장을 했을 것이다.

2차 각성을 마친 신체적 능력과 스킬은 아무리 신혁돈이라도 무시 못 할 위력을 지니고 있기 때문이다.

하지만 2차 각성을 하기 위한 최소 등급은 7등급이고 이곳에는 7등급 각성자가 없다.

즉, 이곳에 있는 모든 각성자 중 신혁돈에게 제대로 된 피해를 입힐 수 있는 이는 없다는 것과 같은 뜻이다.

물론 수백 명의 공격을 전부 맞아준다면 신혁돈 또한 위험에 처하겠지만, 그럴 리 있겠는가.

지금으로써는 차라리 총이나 폭탄 같은 현대 화기가 더 위험한 무기다.

차라리 신혁돈이 차에서 내리기 전에 차를 폭파시키고 총을 쐈댔다면 신혁돈은 작지 않은 상처를 입었을 수도 있다.

달칵.

하지만 이미 늦었다.

신혁돈이 차에서 내린 순간.

그를 둘러싸고 있던 각성자들이 무기를 추켜들며 신혁돈의 움직임 하나하나에 집중했고 그사이 라쉬드가 소리쳤다.

"네가 무슨 비장의 한 수를 지니고 있기에 그토록 여유를 부리는지는 모르겠지만! 너는 오늘 이곳에서 살아나가지 못한다!"

라쉬드는 자신의 작전이 먹힌 것이 퍽이나 감격스러운지 대통령 선거에서 승리한 후보자처럼 흥분해서 소리치고 있었다.

신혁돈은 라쉬드의 말이 끝날 때까지 기다렸다가 그를 바라보며 말했다.

"말 끝났나?"

"그렇다면?"

"그럼 이제 말해라."

"…뭘?"

"프로페서가 누구지?"

신혁돈의 입에서 프로페서의 이름이 나온 순간. 라쉬드를 비롯한 몇몇 인물들의 얼굴이 부패한 정치인이라도 본 듯 찌푸려졌다.

"어떻게 그 이름을?"

"달시가 말해주더군."

"말도 안 돼!"

라쉬드의 격한 반응에 신혁돈은 팔짱을 낄 뿐 별다른 반응을 보이지 않았다. 그러자 그의 곁을 지키고 있던 이들 중 몇

몇의 시선이 라쉬드에게로 향했다.

당장 처리할까요? 하는 눈빛에 라쉬드는 손을 휘휘 저어 말리며 말했다.

"달시가 말했다고?"

"그래."

"달시가 왜?"

"그걸 나한테 물으면 죽은 달시가 살아나 대답하기라도 하나?"

명백한 조롱이었지만 라쉬드의 머릿속은 그것을 인지하지 못할 정도로 복잡해져 있었다.

'신혁돈이 알고 있다면 패러독스 길드원들 또한 알고 있을 가능성이 높다. 그렇다면 신혁돈이 이곳에 홀로 오고 남은 길드원들을 남긴 이유가 프로페서를 잡기 위해서란 말인가?'

라쉬드는 진정하기 위해 심호흡을 한 뒤 고개를 저었다.

'그랬다면 프로페서가 누구냐 물었을 리 없다. 아직 프로페서의 정체는 밝혀지지 않았다. 그렇다면… 빠르게 신혁돈을 처리하고 패러독스를 정리한다.'

결단을 내린 라쉬드가 명령을 하려는 순간.

"대답하기 싫은 모양이군. 그럼 호루스의 눈은 어떤가?"

라쉬드의 입이 굳었다.

"…그걸 어떻게?"

"달시가 꽤 많은 걸 알고 있던데."

까드득!

라쉬드는 이를 갈았고 신혁돈이 말을 이었다.

"딱 두 가지만 말하면 살려주마. 프로페서의 위치. 그리고 이름."

"개소리."

"그래? 그럼 할 수 없지."

신혁돈이 진심으로 안타까운 듯 혀를 찬 순간. 그의 오른 손 위에 새파란 불덩이가 생겨났고 신혁돈은 에르그 에너지 를 움직여 수르트의 힘을 발동시키며 라쉬드에게 말했다.

"죽지 마라."

그와 동시에 신혁돈의 손에서 새파란 불꽃이 사방으로 퍼 져 나갔고 그를 둘러싸고 있던 각성자들은 아연실색하며 불 길을 피했다.

하지만 새파란 불꽃은 자아를 가진 듯 이리저리 움직이며 각성자들을 집어삼켰다. 각성자들의 비명과 함께 아수라장이 펼쳐졌고 사방으로 흩어진 불꽃이 질주를 멈춘 순간.

"일어서라."

신혁돈의 명령과 동시에 푸른 불꽃의 거인. 수르트가 현신 했다.

그는 상황을 알고 있던 것처럼 일어남과 동시에 네 개의 팔 과 세 개의 검. 두 개의 굳건한 다리를 움직이며 각성자들을 학살하기 시작했다.

"…맙소사."

"소환이라니! 그런 말은 없었잖아!"

타다다다다!

푸슈우!

쾅! 쾅!

수르트가 일어선 순간 사방에서 현대 화기와 각성자들의 스킬이 수르트의 몸을 노리고 쏘아졌다.

하지만 그들의 공격은 수르트를 타격하는 것이 아니라 지나쳐 버렸고 그의 뒤에 있던 아군을 맞추는 불상사를 낳고 말았다.

"이런 미친!"

피와 살을 가진 괴물들. 즉, 물리력을 행사할 수 있는 괴물들만 만나본 이들로써는 수르트나 헛된 우상과 같은 정신체를 만나본 적이 없을 것이다.

어떻게 해야 타격을 줄 수 있을지도 모르는 것뿐만 아니라 방법을 안다 해도 저들과 수르트의 전력 차이가 너무 컸다.

하지만 그들은 하나 둘씩 모이기 시작하며 수르트의 공격을 막아내기 시작했다.

'올마이티의 정예들이라는 건가.'

첫 공격으로 십수 명이 불타 죽긴 했지만 그래도 라쉬드가 믿고 모아둔 병력들답게 유연하게 대처하며 수르트의 공격을 하나씩 막아내곤 있었다.

이대로 둔다면 수르트가 모두를 잡아 죽이기 전에 신혁돈의 에르그 에너지가 먼저 고갈될 것.

그것을 두고 보고 있을 신혁돈이 아니다.

신혁돈은 수르트의 불꽃과 몬스터 폼을 발동시키며 각성자들의 사이로 뛰어들었다.

신혁돈의 불타는 워해머가 제일 먼저 향한 곳은 각성자의 어깨였다.

뻐걱!

화르르륵!

"끄아아아!"

워해머에 적중당한 순간, 두부가 으깨지듯 어깨가 부서졌고, 신혁돈의 워해머가 회수된 순간 불타오르기 시작했다.

순식간에 하나를 전투 불능으로 만든 순간.

수르트에 정신을 뺏겨 신혁돈을 잊고 있던 이들이 비명을 듣고 뒤로 돌아보았다. 그리곤 수르트의 불꽃─워해머 폼을 들고 있는 신혁돈을 발견한 순간.

"막아!"

"죽여!"

누군가 소리쳤고 그와 동시에 네 명의 각성자가 신혁돈을 향해 달려들었다. 두 자루의 검과 두 개의 주먹. 그리고 창.

만약 저들이 단 한 번이라도 합격술을 연습해 보았다면 몇 초 정도는 끌었을지도 모른다.

"흐어압!"

기괴한 기합을 지르며 제일 먼저 달려든 복서가 복부에 워해머를 얻어맞고 그대로 나동그라졌다.

복서에 이어 검을 든 두 사람이 양쪽으로 달려들었지만 신혁돈의 워해머가 휘둘러지는 것조차 보지 못하고 머리가 깨져 쓰러졌다.

꿀꺽.

아직까지도 창을 든 이의 귓가에는 '막아'와 '죽여'가 맴돌고 있는데 셋이 죽었다. 창을 든 이가 침을 꿀꺽 삼킨 순간.

후우우웅!

그의 미간으로 워해머의 송곳이 날아들었고 그는 눈을 감아버렸다.

*   *   *

마왕의 끄나풀 두 사람을 밧줄로 묶어 차에 넣어둔 뒤 세 떨거지를 시켜 차를 지키게 한 윤태수가 노천카페로 돌아왔다.

백종화는 홍서현과 마주 앉아 무슨 이야기를 하고 있었다.

이리저리 부서진 테이블을 보며 울상을 짓고 있는 카페 주인과 알렉스가 이야기를 하고 있었는데 아마 배상에 관련된 문제인 것 같았다.

윤태수는 카페를 한 번 둘러본 뒤 테이블에 앉으며 백종화에게 물었다.

"무슨 얘기하고 계십니까?"

"어, 왔냐. 서현 씨가 끄나풀들 어떻게 찾았나 묻고 있었다."

윤태수 또한 자세히 듣지 못했었기에 눈 가득 궁금증을 품고 홍서현을 바라보았다.

"저와 눈이 마주치는 순간, 그들의 눈 속에서 검은 기운이 꿈틀거렸어요. 제 생각에는 가이아님의 기운에 반응하는 거 같아요."

그녀의 말이 끝나자 백종화가 답했다.

"그럼 시간 좀 내주실 수 있으십니까?"

"예?"

"실험 좀 해보려구요."

"어떤 실험이요?"

"이를테면 서현 씨가 마왕의 끄나풀 감지기가 되는 겁니다. 눈만 마주치면 골라낼 수 있다니. 그 방식이 어떻게 작용되는지만 알아도 저희에겐 큰 득이 될 겁니다."

맞는 말이긴 하지만 뉘앙스가 묘하다.

홍서현이 조금 망설이자 윤태수가 말을 더했다.

"그냥 눈 몇 번 마주쳐 보고 그러는 건데요 뭐. 위험한 일은 없을 겁니다."

"뭐, 그러죠."

세 사람이 테이블에서 일어서 차로 향하자 카페 주인과 이야기를 마친 알렉스가 그들의 뒤를 따라 함께 차로 향했다.

*　　　　*　　　　*

"…이게 뭐지?"

라쉬드는 갓 눈을 뜬 심봉사처럼 천천히 눈을 깜빡이며 주변을 둘러보고 있었다.

대지가 푸른 불길에 휩싸여 불타고 있다. 아니, 눈에 보이는 모든 것을 푸른 불꽃이 먹어치우고 있었다.

시야를 가득 메우고 있던 황금빛 들녘 또한 푸른 불꽃의 먹이가 되어 활활 타오르고 있었다.

그 덕에 도망칠 수도 없었다.

몸이 불타는 것을 무릅쓰고 탈출을 시도한 순간, 그들의 발밑에서 나타난 거인의 푸른 손이 허리를 채간 뒤 허공에서 불태워 버린다.

거대한 불의 거인의 손에 걸린 이들은 곧바로 재가 되어 사라져 버린다.

살아 있던 흔적조차 남기지 못한 채.

"말도 안 돼."

엄선을 거듭한 올마이티의 정예들이다.

그가 동원할 수 있는 모든 각성자들 중 가장 믿을 만한 이들을 추려 데려온 것이고 패배를 생각한 적은 없었다.

고작 신혁돈 한 명 잡는 일에 너무 많은 힘을 사용하는 거 아닌가, 이러다 신분이 노출되는 건 아닐까 하는 생각이 들 정도였으니까.

헌데 무력하다.

각성자들의 공격은 신혁돈은커녕 그가 불러낸 불의 거인에게도 통하지 않는 반면, 그와 불의 거인의 공격은 한 번에 십수 명의 사람을 재로 만들어 버렸다.

그때.

불의 거인이 든 채찍이 라쉬드가 있는 곳을 후려쳤다.

라쉬드와 그를 호위하고 있던 이들은 재빨리 몸을 날려 피했지만 채찍의 반경에서 피하지 못한 이들이 있었고 그들은 제자리에 서서 각자의 무기를 들어 올렸다.

"막지 마!"

몸을 피한 라쉬드가 소리쳤지만 그들의 입장에선 몸을 피하긴 늦은 상황. 라쉬드는 곧바로 에르그 에너지를 끌어 올려 스킬을 발동했다.

그러자 바닥에서 새카만 나무가 자라나 그들을 감쌌고 그 순간.

콰아앙!

그들의 머리 위로 채찍이 떨어졌고 호위대는 자신의 무기와 함께 재로 화했다. 라쉬드의 방어는 아무런 소용이 없었다.

라쉬드의 능력은 나무, 즉 목속성이었고 신혁돈과 불의 거인이 사용하는 능력은 불. 즉 화속성이었다.

극상성중에서도 극상성.

"젠장!"

그 순간.

드드드!

마치 전기톱이 돌아가는 듯한 소리와 함께 신혁돈의 신형이 머리 위로 떨어져 내렸다.

순식간에 라쉬드와 호위대 사이로 떨어진 신혁돈은 푸른 불꽃으로 만들어진 워해머를 휘둘러 두 명의 가슴팍을 부숴 버렸다.

"커헉!"

여덟 명 중 두 명이 떨어져나간 순간, 호위대는 자신들이 정예라는 것을 입증하듯 라쉬드의 앞을 막아서며 신혁돈을 향해 공격을 퍼부었다.

티잉! 화륵! 콰르릉!

단 두 번의 움직임.

신혁돈은 워해머를 휘둘러 자신에게 쏘아지는 공격을 전부 무산시켜 버린 뒤 쇼크 웨이브를 쏘았다.

수르트의 불꽃에서 발동된 쇼크 웨이브는 불의 힘을 담고 있었고 전방을 가로막는 모든 것을 불태워 버렸다.

"……."

불길이 걷혔을 때.

라쉬드의 앞을 막고 있던 이들은 모두 재가 되어 사라져 버렸고 남은 것은 라쉬드뿐이었다. 라쉬드는 자신의 앞에 있는 신혁돈이 아닌 주변을 둘러보았다.

백이 넘던 인원 중 대지에 발을 딛고 서 있는 이는 손에 꼽을 수 있을 정도였고, 그마저도 정신이 나간 듯 무기를 든 손에 힘이 없었다.

그들은 자신의 머리 위로 떨어지는 수르트의 무기를 막을 생각도 없이 그대로 재로 화해 버렸다.

마지막 남은 생존자가 불의 거인에게 당한 순간, 신혁돈이 라쉬드에게 말했다.

"끝인가?"

"으아아아!"

라쉬드는 대답 대신 짐승의 포효와도 같은 고함을 지르며 양손을 땅에 박아 넣었다.

그 순간.

바닥에서 새카만 나무가 자라나며 라쉬드의 몸을 감쌌고 곧 라쉬드는 나무껍질과도 같은 피부를 가진 괴물이 되었다.

신혁돈은 그가 변신을 마칠 때까지 천천히 기다리다 다시 물었다.

"그게 마지막인가보군."

"으아!"

또다시 고함을 지른 라쉬드, 아니 나무 괴물은 땅을 박차며 신혁돈에게 달려들었다.

3미터 정도의 키와 동물의 발톱과도 같은 날카로운 손과 발. 그리고 무수히 뻗어지는 나뭇가지들은 여느 괴물들처럼 위협적인 모습이었다.

하지만 신혁돈은 표정의 변화 하나 없이 푸른 불꽃에 휩싸인 워해머를 휘둘렀다.

빠각!

워해머에 얻어맞은 라쉬드는 달려들 때보다 빠른 속도로 뒤로 굴렀고 그의 등이 바닥에 닿은 순간, 어느새 달려든 신혁돈이 그의 가슴을 밟은 뒤 그의 머리 위에 워해머를 올렸다.

충격이 적지 않은지 허파에서 바람 빠지는 소리를 흘리던 라쉬드는 자신의 눈 바로 앞에서 불타고 있는 워해머를 보며 눈을 감았다.

그 순간.

라쉬드의 가슴을 밟고 있던 신혁돈의 다리를 타고 가시 돋친 나무가 자라났다.

화르르륵!

하지만 신혁돈의 다리에 상처를 입히기는커녕 그의 다리에서 일어난 불길에 모든 나무가 타올라 버렸다.

"끄아아아!"

그와 동시에 라쉬드의 가슴 또한 불길에 휩싸였고 그는 고통을 참지 못하고 비명을 질렀다.

"가만히 있어라."

다리에 힘을 주어 라쉬드를 고정시킨 신혁돈은 곧바로 영혼 포식을 사용해 라쉬드의 기억을 읽기 시작했다.

승합차의 안.

동공이 풀린 두 사람이 의자에 눕듯 쓰러져 있었고 그 앞에 윤태수와 백종화. 그리고 홍서현이 앉아 있었다.

홍서현은 에디의 머리에 올리고 있던 손을 떼며 말했다.

"몸에 있던 마왕의 기운이 거의 다 사라졌어요. 심장 속, 그러니까 에르그 기관에 조금 남아 있긴 한데 저게 힘의 근간이 되는 건지 아니면 남아 있는 것까진 모르겠네요."

"가이아의 기운이 마왕의 기운을 정화시킨다는 겁니까?"

백종화의 물음에 홍서현이 고개를 저었다.

"그것보다는 인간의 몸을 물병이라고 보는 게 이해하기 편하실 거예요. 이 남자, 그러니까 에디의 경우를 예로 들어보죠. 에디의 몸에 담을 수 있는 기운의 총량이 100이라 보면 원래는 마왕의 기운이 100을 채우고 있었죠. 제가 가이아의 기운을 불어넣자 물병이 넘치기 시작했고 얼마 지나지 않아 마왕의 기운이 모두 흘러넘쳐 버린 거예요."

얼추 이해한 백종화와 윤태수가 고개를 끄덕였고 백종화가 물었다.

"그럼 구분해 낼 수 있는 방법은 어떻습니까?"

"저와 신체적 접촉을 한다면 100%로 구분할 수 있어요. 원 거리에선… 잘 모르겠네요. 게다가 이 사람들 상태가 이런지 라."

홍서현의 시선이 정신을 잃고 있는 두 사람에게로 향했다.

마왕의 힘을 사용하면서 정신에 타격이 온 것인지, 아니면 가이아의 기운이 타격을 준 것인지는 알 수 없었으나 어쨌거나 백치에 가까운 상태가 되어 있었다.

혀를 찬 백종화는 알았다는 대답을 한 뒤 벤에서 내렸고 홍서현은 여전히 두 사람을 바라보고 있었다.

홍서현보다 안쪽에 앉아 있던 터라 그녀가 내리지 않으면 내릴 수 없는 윤태수는 엉덩이를 들썩였다가 다시 앉으며 홍서현에게 물었다.

"뭐 걸리는 게 있습니까?"

홍서현은 대답 대신 두 사람의 눈을 가리켰고 윤태수의 시선이 그곳으로 향하자 말했다.

"이 사람들 눈에서 뭐가 보이시나요?"

"…아뇨?"

"그럼 저한테만 보인다는 거네요. 혹시 카메라 있으신가요?"

무슨 말인지 이해가 되지는 않았지만 윤태수는 홍서현의 어깨를 가리키며 말했다.

"그거 카메랍니다."

"아, 그랬죠. 지금 바로 확인할 수 있나요?"

"아뇨. 배터리 용량과 화질만 높여놓은 놈이라 SD카드를 빼야 볼 수 있습니다."

"그럼 지금도 녹화되고 있는 건가요?"

"아뇨. 제가 켜야 합니다. 켜드릴까요?"

"예."

홍서현은 고개를 끄덕인 뒤 자신의 어깨에서 카메라를 분리했다. 그리곤 윤태수가 카메라를 켜자 두 사람의 눈을 까뒤집으며 이것저것 실험을 한 뒤 다시 윤태수에게 카메라를 건넨 뒤 차에서 내렸다.

윤태수는 그녀의 뒤로 따라 내리며 물었다.

"뭘 하신 겁니까?"

홍서현은 노천카페로 향하며 말했다.

"무슨 현상인지는 모르겠는데 제 눈에는 마왕들의 기운이 보였어요. 기운이 미약해진 지금도 눈 속에서 조금씩 꿈틀거리는 게 보이긴 하구요. 이게 카메라에서도 볼 수 있는 거라면… 도움이 되겠죠."

카페로 들어간 홍서현은 노트북을 작동시켜 영상을 확인했고 그사이 알렉스가 다가와 물었다.

"어떻게 됐습니까?"

윤태수는 얼음이 녹아 밍밍해진 커피를 한 모금 마신 뒤 대강 설명을 해주었고 알렉스는 착잡한 표정으로 고개를 끄덕였다.

"백치라……."

몇 개월 동안 동고동락을 하며 지낸 부하들이다. 그런 이들이 배신자라는 것을 깨닫긴 했지만 백치가 되었다는 말에 기분이 좋을 순 없는 것.

그사이 영상을 확인한 홍서현이 다가와 말했다.

"영상에서도 보여요."

"그럼 TV 같은 영상 매체로도 확인할 수 있단 말입니까?"

"해봐야죠."

두 사람의 대화가 끝나고 곧 패러독스와 게이트 키퍼가 자리에서 일어섰다.

두 끄나풀을 상대하느라 시간을 낭비한 만큼 더 이상 지체할 시간이 없었기 때문이다.

패러독스는 게이트 키퍼 측에서 준비해 준 차량에 탑승했고 곧 남 텍사스로 이동을 시작했다.

　　　　*　　　　　*　　　　　*

　비행기와 차량을 타고 제일 빠른 루트로 이동했음에도 불구하고 거의 하루에 가까운 시간이 걸렸다.

　"더럽게 넓네."

　한국 땅에서는 도시락만 타고 다녀도 충분했는데 이곳은 비행기와 차를 타고도 하루가 걸린다.

　새삼 미국 땅의 넓이를 체감한 이들이 차에서 내리며 찌뿌둥한 몸을 풀었다.

　"남 텍사스라."

　윤태수를 비롯한 모든 이들이 차에서 내린 뒤 게이트 키퍼 측에서 준비한 호텔로 올라갈 때, 윤태수가 들고 있던 핸드폰이 울렸다.

　'모르는 번혼데.'

　하긴 아는 번호가 더 적다.

　잡생각을 하며 핸드폰을 받은 윤태수가 입을 열려는 순간.

　ㅡ태수냐.

　"…혁돈 형님?"

　ㅡ그래.

　윤태수의 말에 주변에 있던 모든 패러독스들의 시선이 집중되었고 그사이 윤태수가 물었다.

　"어떻게 됐습니까?"

—도착해서 말하지. 어디냐?

"남 텍사스입니다."

　—……

　한국도 아닌 미국에서 지명을 말해준다 한들 신혁돈이 알 도리가 없었다. 신혁돈이 대답이 없자 헛웃음을 흘린 윤태수가 말했다.

"형님은 어디십니까?"

　—멕시코 어딘가.

"…핸드폰은 어디서 나신 겁니까?"

　—주웠다.

　과연 주웠을까.

　고개를 살짝 끄덕여 어디선가 핸드폰을 잃어버렸을 누군가에게 사과의 인사를 보낸 윤태수가 말했다.

"그 핸드폰 스마트폰입니까?"

　—맞아.

"그럼 기능 보시면 GPS 기능이 있을 겁니다. 그거 켜시면 경로 알려드리겠습니다."

　—…기다려 봐.

　어마어마한 전투력과 판단력으로 전장의 신과 같은 무위를 보여주는 신혁돈이었지만 현대 과학의 집약체인 스마트폰 앞에서는 무력해지는 아저씨 중 하나일 뿐이었다.

　헛웃음을 흘리며 거의 십 분에 가까운 설명 끝에 윤태수는

'거기 있어라. 우리가 가겠다.' 는 말을 한 뒤 전화를 끊었다.

"혁돈 형님이야?"

"예."

"근데 왜 한숨을 쉬어?"

"이 양반 스마트폰 쓸 줄을 모릅니다."

"……."

백종화가 멍하니 있는 사이 고준영이 짧게 웃음을 터뜨렸고 김민희가 물었다.

"그럼 어떻게 해요?"

"뭘 어떻게 해. 데리러 가야지."

호텔로 향하던 윤태수는 알렉스에게 다가가 상황을 설명했고 모든 이야기를 들은 알렉스가 의아한 얼굴로 물었다.

"…스마트폰을 못 다룬단 말입니까? IT 업계 부동의 1위를 차지하고 있는 한국, 그것도 패러독스의 마스터가?"

별것 아닌 사실에 적잖이 충격을 받았는지 알렉스의 눈은 휘둥그레져 있었다.

"뭐, 그렇답니다. 그래서 멕시코로 이동해야 할 것 같은데. 좌표는 여기입니다."

좌표를 받은 알렉스는 몇 번 고개를 주억거린 뒤 말했다.

"차로는 무리고 비행기로 이동해야겠군요. 열 시간 정도 걸릴 겁니다."

"그렇게 전하죠."

결국 패러독스의 일행들은 호텔을 목전에 둔 채 다시 차에 탑승한 뒤 열 시간에 가까운 시간을 이동하고서야 신혁돈을 만날 수 있었다.

제5장
너구리 굴 소탕 |

멕시코의 한적한 도시.

"형님!"

고작 이틀 떨어져 있었을 뿐이지만 많은 일이 있었기에 오
랜 시간이 지난 듯한 느낌을 받았던 패러독스의 길드원들이
신혁돈의 이름을 부르며 그에게 달려갔다.

하지만 신혁돈은 평소와 다름없는 표정으로 고개를 끄덕일
뿐이었다.

"저 사람들은 더 가드, 아니지. 아이기스에서 보내준 사람
들인가?"

"예. 게이트 키퍼라고 미국 남부에서 활동하는 길드랍니다."

알렉스와 게이트 키퍼들은 실물로 보는 신혁돈이 신기한지 연신 감탄사를 뱉으며 대놓고 구경을 하고 있었다.

"이것저것 일이 있었는데… 잠시만."

윤태수는 신혁돈의 어깨에 달린 카메라에서 SD 카드를 뽑으며 말했다.

"가실 때 제외하고 이거 안 건드셨지 말입니다."

"그런데?"

"전에 켜둔 채로 있었으니… 어지간한 건 녹화됐을 거 같아서 말입니다."

"그래."

"일단 타시죠. 호텔로 가면서 얘기드리겠습니다."

신혁돈이 차량 쪽으로 다가오자 알렉스가 다가오며 손을 건넸다.

"안녕하십니까. 아이기스 미국 지부 게이트 키퍼 길드 마스터 알렉스입니다."

인사하는 것을 눈치챈 신혁돈이 고개를 끄덕이며 자신의 이름을 말한 뒤 악수를 마쳤다. 다른 이들 또한 악수를 하고 싶은 눈치였지만 다가오지 못한 채 멀리서 지켜보기만 하고 있었다.

인사를 마친 신혁돈이 밴에 오르자 그 뒤로 윤태수와 백종화. 고준영과 홍서현. 그리고 이서윤이 따라 올랐고 문을 닫으려는 순간 알렉스가 머쓱한 얼굴로 함께 타도 되냐 물었다.

홍서현이 통역을 하며 신혁돈을 바라보았고 신혁돈이 고개를 끄덕이자 알렉스가 차에 올랐다.

곧 나머지 인원들의 탑승이 끝나자 차량이 출발했다.

차에 오름과 동시에 윤태수가 그간 있었던 일을 설명해 주었다. 알렉스는 멍한 눈으로 대화가 오가는 것을 바라보다가 궁금한 게 있으면 홍서현에게 묻곤 했다.

"끄나풀 둘을 잡아두긴 했는데… 백치가 되어버리는 바람에 아무런 정보도 못 얻었습니다."

윤태수의 말이 끝나자 신혁돈이 홍서현을 바라보며 말했다.

"영상 매체를 보고 마왕의 끄나풀을 구별해 낼 수 있다고?"

"확실하진 않아."

"실험해 볼 가치가 있군."

홍서현이 고개를 끄덕이자 윤태수가 꼬리를 잡듯 물어왔다.

"형님 가신 일 좀 이야기해 주시지 말입니다."

신혁돈은 귀찮은 듯 미간을 찌푸렸지만 어차피 해야 할 이야기였다.

멕시코에 도착한 시점부터 전투를 끝낼 때까지의 이야기를 들려주기 시작하자 길드원들의 눈이 반짝였다.

알렉스는 홍서현이 번역해 주는 게 답답한지 아예 핸드폰을 꺼내 번역기 어플을 돌려가며 신혁돈의 목소리를 녹음하고 있었다.

곧 전투 이야기가 끝나자 이서윤이 물어왔다.

"그럼 다 죽… 은 거예요?"

이서윤이 죽인 것이냐 물으려다 황급히 말을 바꾸자 신혁돈이 짧게 고개를 끄덕였다.

"결과적으로는. 일단 라쉬드는 살려둔 뒤 기억을 읽었다. 중요한 정보라면… 프로페서의 위치 그리고 올마이티 내부에서 호루스의 눈에 협조하는 인원의 명단 정도가 있겠군."

담담한 목소리가 끝나자 윤태수의 눈이 찢어질 듯 커졌다.

"세상에나. 그런 정보를……. 다 기억하고 계십니까?"

"기억한다. 프로페서의 안가는 워싱턴 DC에 있다. 그 인간, 정유 회사의 CEO더군. 찾자고 마음먹으면 바로 찾을 수 있다. 이름은 '알렉산드르 세르게예비치 부쉬킨.' 러시아 사람이다."

"알렉산드르… 러시아 사람 말입니까?"

"그래."

발음이 좋지 않았기에 제대로 이해하지 못했던 알렉스가 한 템포 느리게 놀라며 물었다.

"HE 인더스트리 부쉬킨 말입니까?"

홍서현의 통역에 신혁돈이 고개를 끄덕이자 알렉스가 짧게 성호를 그으며 말했다.

"맙소사. 세상에나. 신이시여. 그 사람이 호루스의 눈의 수뇌 중 하나라니. 믿을 수가 없습니다."

"아는 사람인가?"

"예. 미국인 중 그 사람을 모르는 사람은 없을 겁니다. 매년 몇 억 달러의 돈을 전 세계적으로 기부하는 것으로도 모자라 세계 곳곳을 돌아다니며 자선사업을 벌입니다. 포브스에서 선정한 '세계에서 가장 영향력 있는 100인'에도 선정되기도 했을 정도입니다."

마왕의 힘을 빌려 인류를 멸망의 길로 걷게 하고 있는 사람치고는 독특한 행보를 보이고 있다는 게 의외이긴 했지만 그렇다고 그에 대한 생각이 달라지는 것은 아니었다.

알렉스는 여전히 놀란 눈으로 무어라무어라 말을 뱉어대고 있었고 홍서현은 그의 말을 통역하느라 바빴다.

말이 길어 대충 요약하자면 '부쉬킨'은 어마어마한 부자며 빈민 구제 등의 자선사업계의 큰손이라는 말이 대부분이었다.

"그런 사람이라면 당장에라도 위치를 파악할 수 있겠습니다."

윤태수의 말에 알렉스가 고개를 끄덕이며 답했다.

"1분 안에 나옵니다."

"그럼 알아봐 주십시오."

알렉스가 고개를 끄덕이고 핸드폰을 들자 윤태수가 말을 이었다.

"그 정도로 영향력 있는 사람이라면 그냥 납치해다 조지기에는 무리가 있겠습니다."

"왜?"

"…예?"

신혁돈이 되묻자 윤태수가 당황한 듯 대답했고 신혁돈은 미간을 찌푸리며 말했다.

"무리라 판단한 근거가 뭐지?"

"보는 눈이 많지 않습니까."

"그 눈에 걸릴 정도로 느린 사람이 있나?"

"기계가……."

말을 하던 윤태수의 목소리가 조금씩 잦아들었다.

생각해 보니 이 차에 타고 있는 사람들이 뭉쳐서 한 사람을 암살하고자 한다면 어느 나라의 대통령이라도 암살이 가능한 전력이다.

그것도 아무도 모르게.

"하긴……."

홀로 고개를 주억거린 윤태수가 알렉스에게 턱짓을 하며 홍서현에게 말했다.

"CCTV 같은 영상 녹화 기계 무력화시키는 장비가 있나 좀 물어봐 주시겠습니까?"

곧 알렉스가 통화를 끊자 홍서현이 물었고 알렉스가 헛웃음을 지으며 답했다.

"세르게이를 납치하실 생각이십니까?"

"알 바 아니라고 전해."

신혁돈의 말을 '연루되면 위험할 수 있으니 일단 패러독스의 단독 작전으로 진행하겠습니다. 그러니 기계장치만 알아봐 주실 수 있나요?' 하고 통역하자 알렉스가 이해한 듯 고개를 끄덕인 뒤 말했다.

"그 문제는 걱정하지 않으셔도 됩니다. 올마이티의 만행. 호루스의 눈이 하던 짓들. 이런 것들을 입증하는 순간 모두 해결될 문제니까요."

"그게 해결되기 전까지 손상되는 아이기스의 이미지는 당신이 책임지는 건가요?"

홍서현의 담담한 물음에 알렉스는 꿀 먹은 벙어리가 되고 말았다.

마음 같아서는 '당신들은?' 하고 묻고 싶었지만 저들은 걸리지 않을 자신이 있으니 벌이는 일인 것이다.

알렉스는 천천히 고개를 끄덕인 뒤 말했다.

"구하자면 구할 순 있습니다."

"그럼 구해주세요."

홍서현의 말에 입술을 한 번 비죽인 알렉스는 생각을 정리한 듯 고개를 주억였고 그 모습을 본 윤태수가 말했다.

"프로페서… 세르게이? 그 사람은 어디 있답니까?"

"지금은 미국. 워싱턴 DC에 있습니다. 일단 일주일 일정을 모두 알아보라고 했으니 30분 내로 연락이 올 겁니다."

"알겠습니다."

대화를 마친 알렉스는 전자 기기를 무력화시키기 위한 장비를 구하기 위해 어디론가 다시 전화를 걸었고 그사이에 윤태수가 말했다.

"그럼 전자 기기는 해결됐고… 여기서 워싱턴 DC까지 가려면 비행기타고 이동한다 해도 하루는 걸릴 겁니다. 그사이 계획이나 짜두는 건 어떻겠습니까?"

"그러지."

일단 프로페서의 동선이 나와야 작전을 짤 수 있었기에 30분이라는 시간이 남았다. 그동안 신혁돈과 일행들은 그간 있었던 일들, 그리고 향후 계획에 대화를 나누었고 곧 알렉스의 전화기가 울렸다.

"모든 일정을… 취소했다고 합니다."

"라쉬드의 일을 들었나보군."

"뭐, 그 정도는 예상했습니다."

"라쉬드가 당할 것이라 생각하지 못했을 것이다. 그것까진 생각 못 했다고 해도 그다음 타깃이 자신이라는 것은 누구보다 잘 알겠지."

신혁돈의 말을 통역을 통해 들은 알렉스가 천천히 고개를 끄덕인 뒤 말했다.

"바로 미행을 붙이긴 했지만 완벽한 동선을 파악하긴 힘들 겁니다. 그리고 이대로 잠적해 버린다면… 빠른 시일 내에 찾아내긴 힘들어질 게 분명하고 말입니다."

알렉스의 말에 윤태수가 짧게 한숨을 토한 뒤 말했다.

"차원 관문을 사용할 수 있다면 참 좋을 텐데 말입니다. 혹시 가능합니까?"

신혁돈이 고개를 가로젓는 걸로 대답을 대신하자 윤태수가 볼을 긁적인 뒤 말을 이었다.

"숨지 않도록 바라는 수밖에 없겠습니다."

그들의 대화를 잠잠히 듣고 있던 이서윤이 시트에 기대며 긴 한숨을 뱉었다.

"산 넘어 산이네."

"그것도 거의 에베레스트 산맥급으로다가."

일행들이 아쉬운 듯한 표정을 하고 있자 신혁돈이 말했다.

"일단 워싱턴 DC로 간다."

"예. 그게 맞을 것 같습니다."

목적지가 정해지자 차는 더욱 빠른 속도로 달렸고 그 안에서 길드원들은 쉼 없이 향후 계획에 대해 토론했다.

*   *   *

뾰족한 방법이 나오지 않은 상태에서도 차는 움직이고 비행기는 하늘을 날았다.

가장 빠른 교통편을 통해 14시간 만에 워싱턴에 도착한 일행들은 연이은 이동으로 녹초가 되어 워싱턴 덜레스 국제공항에 도착할 수 있었다.

고준영이 이제 막 떠오르고 있는 태양을 보며 말했다.

"이 상태로 전투를 하라고 하면 적의 검에 몸을 던질지도 몰라."

인간의 한계를 초월한 각성자들이라지만 제대로 잠을 자지 않아 피곤이 쌓이는 것은 어쩔 수 없었기에 길드원들의 눈 밑에는 짙은 기미가 내려앉아 있었다.

"일단 호텔로 가시죠."

알렉스 또한 피곤을 감출 수 없는 얼굴로 그들의 앞에서 안내를 시작했고 일행들은 공항 근처에 있는 호텔로 이동했다.

그사이에도 알렉스는 계속해서 프로페서의 위치 파악에 힘을 쓰고 있었지만 어제 이후로 정확한 위치 파악이 되지 않고 있었다.

어쩌면 워싱턴 DC를 떠났을 수도 있는 상황. 목표가 불확실하니 추진력이 부족한 것은 어찌 보면 당연하다 할 수 있는 일이었다.

진이 빠진 패러독스 길드원들은 호텔로 들어가 각자 휴식을 취했고 간간이 알렉스와 연락을 하며 프로페서의 위치를 추적했다.

일행은 해가 질 때까지 휴식을 취한 뒤, 신혁돈의 방으로 모였다.

"혁돈 형님의 카메라 SD 카드를 확인해 봤는데 쓸 만한 영상을 건졌습니다."

말을 마친 윤태수는 TV를 틀었고 곧 영상이 재생되었다.

벼인지 밀인지 분간되지 않는 농작물들이 사방으로 펼쳐져 있고 수많은 사람들이 신혁돈을 둘러싸고 있었다.

그리고 사람들의 가운데, 톡 튀어나온 이 하나가 신혁돈을 향해 삿대질을 하며 말했다.

"네가 무슨 비장의 한 수를 지니고 있기에 그토록 여유를 부리는지는 모르겠지만! 너는 오늘 이곳에서 살아 나가지 못한다!"

카메라의 화질이 좋진 않았으나 사물이나 사람의 얼굴 정도는 분간할 수 있을 정도의 화질이었기에 말을 하고 있는 이의 얼굴을 확인할 수 있었다.

"라쉬드네."

"올마이티도 끝났네."

백종화와 이서윤의 말대로 이 영상이 공개된다면 올마이티는 끝난 것이나 다름없다.

영상은 쭉 이어졌고 신혁돈이 프로페서가 누구냐 묻는 장면과 라쉬드가 달시의 존재에 대해 인정하는 장면. 그리고 신혁돈이 수르트를 불러일으키는 장면까지 재생되었다.

푸른 불의 거인이 일어나는 장면에서 영상은 끝났고 그와 동시에 윤태수가 말했다.

"일단 편집본을 아이기스에 보내둔 상태고… 이 정도면 올마이티는 끝이라고 봐도 됩니다."

윤태수는 영상을 종료시킨 뒤 말을 이었다.

"전 세계에서 가장 큰 각성자 용병 단체였던 올마이티가 해체됨으로써 수많은 각성자들이 이적 시장으로 나올 겁니다. 뭐 각자 입맛에 맞는 길드를 찾아 들어가겠지만, 어쨌거나 아이기스에게는 긍정적인 효과로 작용할 테고 말입니다."

짧게 상황을 정리한 윤태수는 다른 이들을 슥 훑은 뒤 리모컨을 내려놓았다.

"종화 형님 말대로 올마이티는 이제 끝입니다. 그럼으로써 발생되는 문제가 하나 있습니다. 프로페서를 지탱하던 올마이티라는 수족이 잘려 버렸으니 당장 수족을 구할 때까지는 아예 잠수를 탈지도 모른다는 겁니다."

윤태수의 말이 끝난 순간.

그의 말이 틀렸다고 말하듯, 누군가가 급하게 문을 두들겼다.

윤태수가 턱짓을 하자 끝에 앉아 있던 고준영이 걸어가 문을 열어주었고 곧 장대한 체구의 백인, 알렉스가 숨을 헐떡이며 방으로 들어왔다.

그는 안 그래도 못 알아듣는 영어를 쉴 새 없이 뱉어댔고 잘 알아듣지 못한 홍서현이 미간을 찌푸렸다.

그러자 윤태수가 그에게 물 한 잔을 건네며 말했다.

"무슨 일입니까?"

알렉스는 냉수를 마신 뒤 재차 입을 열었다.

"프로페서를 찾았습니다."

그의 말에 길드원들의 표정이 밝아졌고 알렉스가 말을 이었다.

"프로페서, 그러니까 알렉산드르 세르게예비치 부쉬킨은 아직 워싱턴 DC에 있었습니다."

"진짭니까?"

"예, 여기서 차로 30분 정도 걸리는 곳에 있는 HE 인더스트리 본사 건물에 들어가는 걸 방금 확인했습니다. 그 이후 40층에 있는 자신의 집무실로 들어간 것까지 확인되었다고 합니다."

오랜만의 희소식에 다들 기뻐하는 얼굴이었지만 윤태수와 백종화, 그리고 신혁돈의 얼굴은 그렇게 밝지만은 않았다.

그들의 얼굴을 본 알렉스가 물어왔다.

"왜 그러십니까?"

그의 물음에 백종화가 답했다.

"라쉬드가 죽고 바로 잠수를 탔던 인간이 모습을 드러낸다는 건 우리를 상대할 만큼의 준비를 했다는 거 아니겠습니까?"

"…그렇겠지요."

알렉스가 그건 생각 못 했다는 듯 기어들어가는 목소리로 답하자 이번엔 윤태수가 말했다.

"모습을 드러낸 이가 세르게이인 건 확실한 겁니까?"

"그게 무슨 말입니까?"

"이를테면 대역을 사용한 게 아니냐는 뜻입니다."

이것 또한 생각하지 못했는지 알렉스가 놀랍다는 얼굴로 입을 뻐끔거렸다. 군인 출신이라 그런지 아니면 원래 이런 사람인건지 참 단순하다.

알렉스는 입술을 살짝 깨문 뒤 말했다.

"이미 자신의 집무실로 들어간 뒤라 제대로 된 확인을 하긴 힘들 겁니다. 혹시 몰라서 영상을 녹화해 두게 했는데 한번 보시겠습니까?"

홍서현이 통역을 마치자 윤태수와 백종화, 신혁돈의 시선이 그녀에게로 향했다. 그리고 그녀가 '예스' 하고 답하자 알렉스는 잠시만 기다려달라는 말을 마친 뒤 방을 나섰다.

얼마나 급하게 나갔는지 문을 부서질 듯 흔들렸고 그 모습을 본 고준영이 말했다.

"보통 밑에 애들 시키지 않나? 저 사람도 참 피곤하게 사는 것 같습니다."

그의 말에 윤태수가 헛웃음을 지으며 말했다.

"글쎄. 내 생각엔 밑에 있는 사람들이 더 힘들 것 같은데."

"왜 그렇습니까?"

"생각해 봐라. 내가 무슨 일 하나 할 때마다 너희들한테 달려가서 지켜보고 있다고 말이야. 게다가 모든 일 처리를 직접 하려 한다고까지 생각하면……."

윤태수는 그 상황에 자신을 대입하듯 신혁돈을 바라보며 고개를 가로저었다.

"저런 인간을 상관으로 둔다면 끔찍할 거 같은데."

대충 이해가 되었는지 고준영이 고개를 끄덕였고 그사이 백종화가 말했다.

"그 40층에 있다는 인간이 세르게이건 아니건 간에 일단은 붙잡아야 할 것 같습니다."

"저도 그렇게 생각합니다. 혁돈 형님이 기억을 읽을 수 있으니 일단 붙잡는 게 맞다고 봅니다. 문제는 여긴 미국이고 그 인간은 40층에 있다는 거지 말입니다."

윤태수가 그의 말을 거들자 백종화가 자신의 앞에 놓인 물컵을 쥐었다.

윤태수의 말대로 이곳은 미국인 데다 그는 미국 대기업의 CEO다. 무턱대고 건물을 습격하고 그를 납치하려 했다가는 미국의 군대와 싸워야 할 수도 있다.

그것뿐이라면 감수할 만하겠지만 한국으로 돌아갈 수조차

없어지는 데다가 미국 전역에 있는 각성자들이 패러독스를 귀찮게 할 것이 자명한 사실.

신혁돈이 둘의 대화에 방점을 찍었다.

"방법은 있다."

"예?"

모두의 고개가 신혁돈에게로 향한 순간, 다시 문이 열리며 알렉스가 들어왔고 대화가 끊겼다.

"여기 영상입니다."

그는 태블릿 PC 하나를 가져와 윤태수에게 건넸고 윤태수는 홍서현에게 건넸다. 홍서현이 영상을 재생하자 길드원들이 하나 둘 그녀의 뒤로 다가와 태블릿 PC에서 재생되는 영상을 보았다.

워싱턴 DC의 번화가.

고급 세단 한 대가 빌딩의 앞에 섰고 거기서 정장 차림의 노인 한 명이 내렸다. 굳건한 어깨와 흰머리. 넓은 하관 등 외관만 봐서는 프로페서와 완벽히 일치하는 상황.

윤태수의 시선이 홍서현에게로 향했다.

그녀는 프로페서의 눈이 찍힌 부분을 몇 번이나 돌려보고선 말했다.

"일단 화질이 좋은 편이 아니라 확실하진 않아요. 하지만⋯ 그의 눈에서 검은 기운이 보이긴 해요."

홍서현의 능력을 반신반의하고 있던 윤태수가 짐짓 놀란 눈으로 그녀를 바라보았다.

각성자들이 판치는 세상이라지만 그가 가진 힘을 영상을 보고 판별해 낼 수 있다니. 현실과 너무 동떨어진 세계의 이야기처럼 다가왔기 때문이다.

하지만 눈앞에서 판별해 내는 것을 본 이상 믿지 않을 수 없었다.

"그럼 일단 잡지 말입니다. 진짜면 대박이고 아니라도 증거는 잡을 수 있을 테니까."

윤태수는 말을 하며 신혁돈을 바라보았고 그가 고개를 끄덕이자 알렉스에게 물었다.

"그 전자 기기를 무력화시킨다는 기계는 도착했습니까?"

"아직… 10시간 정도 더 걸립니다."

"흠……."

알렉스의 대답에 윤태수가 비음을 흘렸다.

만약 프로페서가 함정을 치고 기다리는 것이라면 열 시간 정도야 문제없다. 하지만 자신이 들킨 것을 모른다면?

윤태수는 고개를 가로저었다.

그럴 리 없다.

전 세계에서 가장 큰 규모를 자랑하는 길드인 올마이티를 뒤에서 조종하던 인간이 그 정도 정보력도 없을까.

"그럼 기다리지."

윤태수의 생각이 끝나갈 때쯤 신혁돈이 말했고 윤태수 또한 고개를 끄덕여 동의했다.

"제 생각에도 그게 맞을 것 같습니다."

그들의 말을 들은 알렉스가 안쪽 볼을 씹으며 말했다.

"근데… 문제가 조금 있을 것 같습니다."

"뭡니까?"

"저희가 준비한 물건은 EMP탄이라 불리는 전술 무기입니다. 간단히 말씀드리자면 전자 기기 무력화 장치인데… 이게 범위가 좀 넓습니다. 만약 워싱턴 DC 중심가에서 터뜨린다면 어마어마한 후폭풍이 생깁니다."

다들 제대로 이해하지 못해 멍하니 있는 사이 고준영이 그의 말을 받았다.

"EMP일 줄은 몰랐네……. 알렉스의 말대로 EMP탄은 전술 무기. 즉, 전쟁에서나 쓰는 무기입니다. 전자 기기를 먹통으로 만드는 것뿐만 아니라 반경 내에 있는 모든 컴퓨터의 데이터를 날려 버리는… 뭐랄까. IT 핵폭탄이라 보시면 편할 겁니다."

대강 설명을 마친 고준영이 알렉스에게 물었다.

"반경은 얼마나 됩니까?"

"300미터 정도입니다."

"…그런 물건은 도대체 어떻게 구한 겁니까?"

300미터 반경 내에 있는 모든 전자 기기를 다시는 사용할 수 없게 만드는 물건이다. 이런 물건을 세계 증권가의 중심이라 불리는 월 스트릿에서 터뜨려 버린다면?

다음 날 전 세계가 블랙 프라이데이를 맞을 수 있다.

고준영의 물음에 알렉스는 허허 웃었고 그의 설명을 들은 길드원들은 질겁하는 표정을 지었다.

그저 아이기스가 보내준 도우미 정도로 생각한 인물이 의외로 대단하다는 생각 또한 함께 들었고 말이다.

"그런 물건을 워싱턴 한가운데에서 터뜨렸다간… 아니 들고만 있어도 걸리는 순간 테러리스트로 낙인찍혀서 평생을 썩을 겁니다."

알렉스와 고준영. EMP탄에 어느 정도 지식이 있는 이들이 그런 식으로 말하자 길드원들 또한 회의적인 시선이 되었고 다른 방법을 강구하려는 때.

신혁돈이 말했다.

"내가 아까 말하지 않았나?"

"예?"

"방법이 있다고."

"…그게 EMP탄의 사용까지 포함된 방법이었습니까?"

신혁돈은 대답하기도 귀찮다는 듯 짧게 고개를 끄덕였다.

"한 번만 설명할 테니 잘 들어라."

곧 신혁돈의 설명이 시작되었고 길드원들은 멍한 얼굴로 그의 작전 설명에 집중했다.

작전 자체는 간단했다.

하지만 이 자리에 있는 그 누구도 생각하지 못한 방법이었기에 신혁돈의 말이 이어질수록 모두의 얼굴엔 경악이 서렸다.

*　　　　*　　　　*

후웅! 후웅! 후웅!

세 쌍의 거대한 날개가 워싱턴 DC의 하늘을 가를 때마다 바람을 찢는 소리가 귓바퀴를 맴돌았다.

15미터에 달하는 거대한 괴수가 워싱턴 DC의 하늘을 나는데도 누구 하나 하늘을 올려다보는 이가 없었다.

어둠이 내린 하늘이긴 했지만 그렇다 해도 바로 옆 빌딩 창문을 통해 보이는 이의 시선이 도시락이 아닌 다른 것을 보고 있는 것은 진귀한 장면이었다.

옆 빌딩 창문에 비친 자신의 모습을 본 고준영이 말했다.

"마법이란 참 신기한 것 같습니다."

"그러게."

고준영은 도시락의 깃털을 만져본 뒤 자신의 손을 보았다.

자신의 눈에는 보인다.

하지만 도시락과 자신들에게는 다른 이들의 눈에는 보이지 않도록 '투명화' 마법이 걸린 상태였다.

게다가 신혁돈이 하늘거북의 힘을 발동시킨 뒤, 바람을 다루어 도시락이 내는 소리까지 차단한 지금, 거대한 도시락이 하늘을 날고 있는데 그 누구도 눈치채지 못하고 있는 것이다.

도시락은 곧 워싱턴 DC의 스카이라인을 지나 구름이 손에 닿을 정도의 고도까지 날아올랐다.

손톱만 해진 빌딩들을 바라보고 있던 고준영은 품에 안고 있는 EMP탄을 한 번 쓰다듬은 뒤 물었다.

"지금 갑니까?"

"아직. 기다려라."

그의 말에 고준영은 어른 주먹 두 개를 합쳐놓은 크기의 EMP 탄을 바라보았다. 가만 보면 검은색의 농구공같이 생겼고 붉은 줄이 있다는 게 달랐다.

곧 도시락이 적당한 고도에 오르자 신혁돈이 아래를 내려다보며 목표 빌딩의 위치를 확인한 뒤 말했다.

"가자."

말을 마친 신혁돈은 곧바로 빌딩을 향해 뛰어내렸다. 그의 뒤로 윤태수와 백종화가 거침없이 뛰어내렸고 길드원들은 침을 꿀꺽 삼키거나 성호를 그었다. 물론 욕을 하는 이도 있었다.

"씨버어어어얼!"

걸쭉한 욕설과 함께 고준영이 뛰어내리자 마지막까지 남아 있던 이서윤은 도시락의 목을 한 번 쓰다듬은 뒤 말했다.

"조금 이따 봐."

"까악!"

마지막 남은 이서윤까지 뛰어내린 순간.

길드원들의 몸 주변으로 바람이 몰려들어 그들을 감싼 뒤 빠르게 떨어져 내리던 속도를 늦춰주었다.

신혁돈이 하늘거북의 힘을 발동시켜 바람을 다룬 것이다.

목표 건물이 눈에 꽉 들어찰 만큼 커지자 길드원들은 무기를 뽑아들었고 그 순간.

"터뜨려라."

신혁돈의 말에 고준영이 EMP탄을 터트렸다.

아주 간단한 작전.

도시락을 타고 빌딩보다 더 높게 올라가 목표 빌딩의 40층만 마비될 수 있도록 범위를 조절한 뒤 EMP탄을 터뜨리는 것이다.

눈에 보이지 않는 자기장 충격파가 터졌고 빌딩의 유리창이 크게 흔들렸다.

그와 동시에 빌딩의 옥상에 길드원들이 착지했다.

작은 발소리와 함께 옥상에 내린 고준영이 EMP탄을 내려놓으며 말했다.

"작동된 건가?"

그의 말에 윤태수가 미리 챙겨온 핸드폰을 꺼내 켜본 뒤 말했다.

"작동됐네."

EMP가 작동된 것을 확인한 길드원들은 옥상 끝자락에 올라섰다. 그리곤 고개를 숙여 아래층 창문을 힐끗 보고 있자 마지막으로 올라온 신혁돈이 말했다.

"아래에 무슨 짓을 해놓은 모양이다. 에르그 에너지나 기척이 전혀 파악되지 않아. 즉, 함정이라는 뜻이다. 만약 자신이 위험할 것 같다면 곧바로 몸을 빼라. 프로페서를 잡는 것도 중요하지만 우리가 다치지 않는 게 더 중요하니까."

말을 마친 신혁돈은 길드원 하나하나와 눈을 맞춘 뒤 고개를 돌려 아래를 바라보며 말했다.

"진입."

그 순간.

길드원들이 투신자살을 하듯 옥상 밖으로 몸을 던졌고 그와 동시에 신혁돈이 하늘거북의 힘을 발동시켰다.

자유낙하를 하던 길드원들은 누군가의 손에 붙잡히기라도 한 듯 40층의 유리창을 향해 던져졌고 몸으로 유리창을 뚫은 순간 무기를 뽑아들었다.

*　　　　*　　　　*

챙그랑!

유리가 깨지는 소리와 함께 패러독스의 길드원들이 건물로 진입했다. 제일 먼저 진입한 신혁돈은 곧바로 수르트의 불꽃을 뽑아 들며 주변을 경계했고 마지막 길드원이 들어올 때까지 긴장을 늦추지 않았다.

타다닥.

마지막으로 들어온 백종화가 제일 후미에 서자 자연스럽게 진이 완성되었고 그와 동시에 길드원들은 사무실 안을 살피기 시작했다.

제일 먼저 눈에 들어온 것은 소파에 앉아 커피 잔을 들고 있는 노인, 프로페서다. 그는 패러독스가 이런 방식으로 진입할 것이라고는 생각하지도 못했는지 멍한 얼굴로 길드원들을 바라보고 있었다.

"신이시여."

그의 입이 열린 순간.

패러독스의 길드원들은 사방으로 흩어지며 실내를 점검했고 동시에 신혁돈은 프로페서의 신병을 확보했다.

수르트의 불꽃 워해머 폼의 송곳 부분을 프로페서의 턱 아래 들이 댄 신혁돈이 그와 눈을 마주쳤다.

느껴지는 에르그 에너지양만 봐서는 라쉬드의 몇 배는 될 만한 에르그 에너지를 가지고 있었다.

패러독스 길드원들과 견주자면 이서윤과 비슷할 정도의 에르그 에너지양. 패러독스 중에서는 가장 떨어지는 수준이었지만 일반 각성자들과 비교하자면 실로 어마어마한 양의 에르그 에너지였다.

그런 에르그 에너지를 보유하고 있는 것을 확인했음에도 확신이 들지 않은 신혁돈이 홍서현에게 물었다.

"이놈이 프로페서인가?"

그녀는 신혁돈이 말을 하기도 전에 다가와 프로페서의 눈을 바라보고 있었다.

그때 프로페서가 말했다.

"당황스럽구만. 이런 방식으로 들어올 거라고는 상상도 못했는데 말이야."

입으로는 당황스럽다 말하고 있었으나 눈에 흔들림이 없었다. 즉, 예측하고 있었거나 빠르게 평정을 되찾았다는 뜻.

어느 쪽이든 패러독스에게 좋은 것은 없다.

프로페서의 말을 대충 번역해 준 홍서현이 말을 이었다.

"일단 영상에서 봤던 그 사람인 건 맞아. 아저씨가 달시 기억에서 본 그 사람인지는 모르겠지만."

그녀의 말에 신혁돈이 들고 있던 수르트의 불꽃의 모습이 변하기 시작했다.

단단한 워해머의 모습을 하고 있던 수르트의 불꽃 표면이 흐물거리더니 언제 워해머의 모습을 하고 있었냐는 듯 불타는 채찍의 모습이 되었다.

신혁돈은 채찍이 된 수르트의 불꽃을 휘둘러 프로페서의 몸을 감쌌다.

"오……."

푸른 불꽃이 타오르는 채찍이 자신의 몸을 감싸는데도 프로페서는 놀란 기색이 전혀 없고 그저 새로운 장난감을 만난 아이처럼 해맑은 미소를 짓고 있을 뿐이었다.

"클리어."

"모든 방 확인 완료."

"아무도 없습니다."

신혁돈이 프로페서를 제압하는 사이 층 전체를 확인한 길드원들이 돌아와 이상이 없음을 알렸다.

"너무 허술한데……."

"그러게. 뭔가 이상하다."

프로페서의 반응도 그렇고 층 전체가 비어 있다는 걸 보아 프로페서는 패러독스가 온다는 것을 알고 있었을 것이다.

헌데 아무런 준비를 하지 않았다?

말이 되지 않는 소리.

불안감에 잠긴 눈을 한 길드원들이 천천히 두리번거리는 사이 신혁돈이 말했다.

"돌아간다."

그가 채찍을 든 손을 흔들자 채찍에 감긴 프로페서의 몸이 둥실 떠올랐다. 하늘거북의 힘과 수르트의 힘이 동시에 발현된 것이다.

제일 먼저 깨진 창문에 도착한 윤태수는 발로 깨진 유리들을 치운 뒤 창밖으로 몸을 내밀었다.

아니, 내밀려 했다.

그 순간.

퉁.

"어?"

마치 보이지 않는 벽이 있는 듯 윤태수의 몸이 무언가에 가로막히며 뒤로 밀려났다. 당황한 윤태수가 창틀 사이로 손을 뻗은 순간.

사아아아.

검은 기운이 모든 창틀 사이로 스멀스멀 기어 올라왔다.

"비켜."

그와 동시에 걸어온 신혁돈이 검은 기운을 흩어버리기 위해 채찍을 들지 않은 손을 휘둘렀지만 그의 공격 또한 통하지 않았다.

그 모습을 본 홍서현이 그의 곁으로 다가오며 말했다.

"마왕의 기운."

새카만 구름과 같은 기운은 순식간에 자라나 모든 창문을 가려 버렸다. 패러독스의 길드원들이 여러 방법으로 기운을 두들겨 봤으나 더 견고해질 뿐, 뚫릴 것처럼 보이진 않았다.

그때.

신혁돈의 채찍에 묶인 채 허공에 떠 있던 프로페서의 몸이 한 여름의 아이스크림처럼 흐물거리더니 검은 기운으로 변했다.

신혁돈이 곧바로 푸른 불꽃의 채찍을 휘둘러 공격했으나 이미 안개처럼 변해버린 프로페서의 몸에 타격을 주진 못했다.

멀찍이 물러난 검은 기운은 곧바로 프로페서의 모습을 갖추었고 그와 동시에 그가 말했다.

"나도 비장의 한 수쯤은 있어야 하지 않겠나?"

그 모습을 보고 있던 윤태수가 짧게 한숨을 토했다.

너무 쉽게 흘러간다 생각하고 있던 차에 적이 함정을 발동시켜주니 외려 안심하는 마음이 든 자신의 모습에 어이가 없어서였다.

다른 이들 또한 같은 생각을 하고 있는지 윤태수와 눈이 마주치자 어색한 미소를 지었고 그사이 자신의 말이 무시당한 것을 깨달은 프로페서는 처음으로 미간을 굳히며 말했다.

"지금 자네들이 얼마나 큰 위험에 처해 있는지 아나?"

홍서현의 번역에 신혁돈이 수르트의 불꽃을 워해머 폼으로 변형시키며 말했다.

"작전 변경. 여기서 죽이고 기억만 빼간다."

"편하긴 하겠지만… 그래도 되겠습니까?"

"본 사람도 없고 볼 사람도 없다."

질문을 했던 윤태수가 고개를 끄덕이자 길드원들이 다시 진형을 갖추었고 또다시 무시당한 프로페서는 헛웃음을 흘렸다.

"자신감이 넘치는 모습, 보기 좋군 그래."

말과 동시에 프로페서의 몸에서 검은 기운이 몽글몽글 흘러나오기 시작했다.

그가 양손을 뻗어 손바닥을 펼친 순간.

창문을 잠식하고 있던 검은 기운이 빠른 속도로 바닥을 잠식해 왔다. 길드원들은 바닥을 잠식해 오는 검은 기운을 피함과 동시에 프로페서에게 달려들었다.

후우웅!

푸른 불꽃이 타오르고 있는 워해머가 프로페서의 머리 위로 떨어진 순간.

카앙!

프로페서의 손에서 흘러나온 검은 기운이 워해머를 막아냈다. 그와 동시에 푸른 불꽃과 검은 기운이 엮이며 검은 기운 속에서 푸른 불꽃이 타올랐다.

신혁돈은 한 번의 공격에서 멈추지 않고 계속해서 워해머를 휘둘렀고 그와 동시에 프로페서의 뒤를 점한 윤태수가 검을 휘둘렀다.

하지만 프로페서는 검은 기운을 마치 제3의 팔처럼 휘두르며 윤태수의 공격까지 완벽히 막아냈다.

그 순간.

"으엇!"

바닥을 디딘 채 프로페서의 빈틈을 노리고 있던 고준영이 비명을 지르며 뛰어올랐다.

"발이 빠집니다!"

그의 말대로 바닥을 잠식한 검은 기운이 방 안에 있는 모든 것들을 집어삼키고 있었다. 빠른 속도로 잠식해 오고 있었기에 피할 공간조차 없었다.

신혁돈은 짧게 혀를 차며 뒤로 물러섰고 그와 동시에 하늘거북의 힘을 발동시켜 길드원 전부를 허공에 부유시켰다.

그 순간.

방 전체가 검은 기운에 잠식되었다.

이를 악문 길드원들이 무방비 상태로 허공에 떠 있었지만 프로페서는 공격하기는커녕 여전히 여유로운 미소를 띤 채 길드원들을 바라보며 말했다.

"나의 공간에 온 것을 환영하네."

그의 말이 끝남과 동시에 방 안에 존재하던 한 줌의 빛마저 사라졌고 그와 동시에 프로페서의 기운이 방대해지며 공간 전체로 퍼져 나감을 느낀 신혁돈이 말했다.

"공간이 변했다."

정확히 무엇이 변했는지는 알 수 없었으나 느낄 수 있었다. 숨 쉬던 공기가 달라진 느낌이랄까. 프로페서의 말대로 공간 자체가 변한 것과 비슷한 느낌.

아무것도 보이지 않는 어둠이 내려앉은 찰나, 신혁돈은 수르트의 불꽃에 에르그 에너지를 불어넣었다. 그러자 그의 몸 전체가 푸른 불꽃에 휘감겼고 공간의 전경이 눈에 들어왔다.

신혁돈은 제일 먼저 패러독스의 길드원들을 살폈다.

당황하고 겁을 먹은 얼굴이긴 했으나 몸에 이상이 있는 이는 없어 보였다. 직후 고개를 돌린 신혁돈은 공간을 훑으며 감각을 극대화시켰다.

"돔이군."

자연적으로 생겨난 돔형 동굴이 아닌, 누군가의 손길이 닿아 매끈하게 깎인 반원형의 공간이었다. 벽과 바닥은 검은 기운을 닮아 새카맸으며 신체의 일부가 닿는 순간 빨려 들어갈 것처럼 보였다.

뚜둑! 뚜둑! 타다닥.

제일 먼저 정신을 차린 윤태수가 아공간을 열어 라이트 스틱 한 움큼을 꺼낸 뒤 모조리 꺾어 사방으로 던졌다.

그러자 30㎝ 정도의 라이트 스틱이 형형색색의 빛을 발하며 이리저리로 날아갔고 곧 검은 기운 위로 떨어졌다.

"안 빨려 들어가네."

라이트 스틱은 검은 기운에 빨려 들어가지 않고 그 위를 톡톡 튀어 바닥을 굴렀다. 신혁돈은 극대화시킨 감각을 통해 주변을 살피면서도 라이트 스틱을 바라보며 말했다.

"종화, 불 켜봐."

"예."

윤태수가 던진 라이트 스틱이 무색할 정도로 거대한 빛이 백종화의 손에서 피어났고 곧 돔의 구석구석까지 볼 수 있을 만한 빛의 구가 생겨났다.

시야가 확보되자 길드원들은 곧바로 주변을 살폈고 이내 깨달았다.

"프로페서가 없어졌습니다."

그들의 말에 신혁돈은 고개를 돌려 돔 전체를 훑으며 답했다.

"아니, 이 공간 자체가 프로페서다."

"…그게 무슨 뜻입니까?"

"우리가 그놈 뱃속에 있는 겁니까?"

백종화와 윤태수가 물어왔고 신혁돈이 답했다.

"얼추 비슷해."

무슨 수를 써서 공간을 괴리시킨 건지는 알 수 없다. 하지만 이 공간이 프로페서의 것임은 확신할 수 있었다.

"어떻게 아십니까?"

윤태수의 질문에 답한 것은 신혁돈이 아닌 홍서현이었다.

"공간 전체에서 프로페서의 기운이 진동을 하고 있어요. 그리고… 끊임없이 맥박하고 있죠."

그녀의 말이 진실인지 확인하기 위한 시선이 신혁돈에게로 향해지자 신혁돈이 고개를 끄덕여 그녀의 말이 사실임을 증명했다.

이대로 있다고 한들 변하는 것은 없다. 프로페서가 무언가를 더 꾸미기 전에 미리 움직여야 한다.

침묵이 내려앉자 신혁돈 하늘거북의 힘을 이용해 땅에 발을 디뎌보았다.

'딱딱하군.'

그 순간.

촤라라락!

신혁돈의 발밑에 있던 검은 기운이 요동치며 신혁돈의 발목을 타고 올라왔고 신혁돈은 침착한 표정으로 몸을 감싸고 있는 수르트의 불꽃을 더욱 크게 부풀렸다.

화르륵!

촤라락!

순식간에 솟구쳐 오른 검은 기운과 수르트의 불꽃이 허공에서 얽혔고 이내 수르트의 불꽃이 검은 기운을 모두 잡아먹어 버렸다.

그것으로 모자랐는지 수르트의 불꽃은 검은 기운의 진원지를 따라가듯 땅속으로 파고들었고 신혁돈은 그것을 바라보며 에르그 에너지를 공급해 주었다.

그와 동시에 돔 전체가 꿈틀거리기 시작했다. 마치 돔 전체가 고통을 느끼는 듯 출렁거렸고 길드원들은 불안한 눈길로 주변을 둘러보며 각자 무기를 쥔 손에 힘을 더했다.

'이거다.'

신혁돈을 습격했던 검은 기운을 붙잡아 역으로 공격해 들어간 것이 확실히 먹혔는지 검은 기운이 고통을 느끼고 있었다.

신혁돈은 바닥을 뚫고 들어간 수르트의 불꽃을 향해 에르그 에너지를 퍼부으며 감각을 극대화시켜 주변을 살폈다.

이 공간 전체가 프로페서라 가정하면 어디엔가 핵이 있을 것이 분명하다. 그리고 그 핵을 찾을 수만 있다면 이 뭣 같은 공간에서 벗어날 수 있다.

시간이 지날수록 돔의 꿈틀거림은 더욱 심해졌고 신혁돈은 쉬지 않고 에르그 에너지를 쏟아부었다.

두근!

'저기다!'

순간 동맥 위로 심장박동이 느껴지듯 정확한 박동이 돔의 벽에서 느껴졌고 신혁돈은 곧바로 수르트의 불꽃을 송곳처럼 길게 뽑아 벽을 향해 찔러 넣었다.

그 순간.

"크아아아아!"

사방으로 퍼져 있던 검은 기운이 하수구로 빨려 내려가듯 신혁돈이 찔러 넣은 송곳을 향해 모여들었다.

검었던 돔의 벽이 새하얗게 변한 순간, 돔에 있던 모든 검은 기운을 흡수한 프로페서의 모습이 드러났다.

"…맙소사. 저게 뭐야?"

산전수전을 모두 겪은 신혁돈조차 입이 벌어졌다.

"인간이 아니었던 것인가"

장대한 체구의 노인이었던 프로페서의 얼굴은 그대로였다. 하지만 얼굴의 위치가 괴물의 어깨에 달려 있다면 문제가 된다.

2미터가 조금 넘는 키. 거대한 염소의 머리와 왼쪽 어깨에 달린 인간의 얼굴. 그리고 오른쪽 어깨에는 뿔이 달려 있었다.

몸은 인간의 그것과 비슷했으나 갈색 털이 온몸을 뒤덮고 있었고 손과 발은 짐승의 발톱이 비죽하게 솟아 있었다.

송곳에 의해 가슴이 꿰뚫린 괴물은 그르륵 거리는 고통에 찬 신음을 흘렸고 그 순간, 어깨에 달린 프로페서의 얼굴이 입을 열었다.

*   *   *

"가이아의 선택을 받은 이는 다르다 이건가."

어깨에 달린 얼굴의 입이 뻐끔거리며 흘러나오는 목소리는 기괴를 넘어선 어떤 영역에 들어서 있었다.

돔을 뒤덮고 있던 검은 기운이 사라지고 드러난 새하얀 공간은 더 이상 프로페서의 공간이 아니었기에 신혁돈은 길드원들을 바닥에 내려놓았다.

땅에 발이 닿자 안심이 되는지 길드원들이 짧은 숨을 토하며 전열을 재정비했고 그사이 프로페서의 목소리가 이어졌다.

"하지만 말이다. 너만 신의 선택을 받은 것이 아님을 명심하거라."

말을 마친 프로페서, 아니 괴물의 어깨에 달려 있던 얼굴이 마치 찌그러지듯 구겨지기 시작했고 그와 동시에 신혁돈의 송곳에 꿰뚫려 있던 프로페서는 검은 연기만 남긴 채 사라졌다.

"무슨?"

신혁돈은 곧바로 송곳을 회수하며 위해머의 모습으로 변형시켰다. 그와 동시에 에르그 에너지를 사방으로 흩어 프로페서의 기운을 좇았다.

그 순간.

파앙!

마치 압축되었던 공기가 터지는 것 같은 소리와 함께 돔 끝자락에 프로페서가 모습을 드러냈다.

신혁돈이 새겨놓은 가슴의 상처는 벌써 아물어 있었고 그의 어깨에 있던 프로페서의 얼굴 또한 사라져 있었다.

염소 특유의 네모난 눈동자가 디룩디룩 굴러가며 길드원들을 바라보았고 그와 눈을 마주친 순간 신혁돈이 말했다.

"블링크인가."

"그게 뭡니까?"

"단거리 순간 이동이라 생각하면 된다."

블링크 단어의 뜻 그대로 신형이 깜빡이는 순간 다른 장소로 이동해 있는 고급 마법의 일종이다.

프로페서는 한껏 여유를 부리며 가슴을 펼친 뒤 양손을 펼쳤고, 그의 손바닥 위로 새카만 기운이 모여들어 일(一)자 형태로 굳어졌다.

검은 기운은 점점 더 진해졌고 곧 거대한 도끼의 형태를 이루었다.

한쪽에만 날이 있고 다른 쪽은 뭉툭한 쇠로 되어 있는 외날 도끼를 든 프로페서는 자신의 상반신만큼이나 거대한 도끼의 날을 바닥에 내려놓으며 말했다.

"오너라."

그 순간.

신혁돈이 하늘거북의 힘을 발동시키며 자신의 몸을 화살처럼 쏘았다. 순간 눈앞에서 사라졌다는 생각이 들 정도로 어마어마한 속도로 달려든 신혁돈은 프로페서가 도끼의 머리를 들기도 전에 그의 앞에 도달했다.

콰득!

후우웅!

도끼의 머리를 발로 밟아 들지 못하게 만든 신혁돈은 곧바로 염소의 대가리를 후려쳤다.

"얼어라!"

그와 동시에 백종화의 마법이 발동되며 프로페서의 다리가 얼어붙었고 어느새 달려든 윤태수와 세 떨거지가 프로페서를 포위했다.

움직일 수도, 신혁돈의 공격을 피할 수도 없는 상황!

파앙!

휙!

프로페서가 다시 한 번 블링크를 시전했고 백종화의 앞에 나타났다. 블링크를 시전하면서도 움직일 수 있는지 어느새 머리 위로 도끼를 든 채였다.

부우웅!

새카만 도끼가 대기를 가르는 파공성과 함께 백종화의 머리 위로 떨어져 내렸고 그와 동시에 거대한 방패가 그의 앞에 나타나며 도끼를 막아냈다.

카아앙!

뚜드득!

공격을 막아낸 김민희의 무릎이 바닥에 처박힘과 동시에 섬뜩한 파육음이 들렸다. 김민희는 곧바로 일어서며 두 번째 공격을 막아내려 했지만 다리가 말을 듣지 않았고 그 순간.

"얼어라!"

쐐애액!

백종화가 다시 한 번 언령을 발동시키며 공격을 지연시켰고 그 찰나의 순간을 부여잡은 신혁돈과 윤태수가 달려와 프로페서의 몸을 공격했다.

파앙!

하지만 프로페서는 다시 블링크를 발동시켰고 그들의 공격은 허공을 갈랐다.

"씨발……."

두 번의 공격이 전부 무위로 돌아가자 잔뜩 약이 오른 윤태수가 나직이 욕설을 토하며 검의 손잡이를 굳게 쥐었다.

"방어진을 짠다."

이렇게 끌려다니다가 빈틈을 보여 한 번의 공격이라도 허용한다면 누구 하나가 크게 다칠 가능성이 높았다.

그럴 바에야 저쪽이 공격하게 만든 뒤 빈틈을 노리는 것이 낫다 판단한 신혁돈의 말에 모두가 빠르게 움직이며 방어진을 만들었다.

밀리 계열의 각성자들이 바깥쪽에 원형으로 서고 2~3미터의 거리를 둔 메이지 계열의 각성자들이 안쪽에서 등을 맞대고 섰다.

그와 동시에 홍서현이 자신의 지팡이를 양손으로 쥔 뒤 높이 들어 올렸다. 그러자 지팡이에서 형형색색의 기운이 흘러나와 길드원들의 몸으로 흘러들어 갔다.

가이아의 축복을 받은 밀리 계열의 능력자들은 몸이 가벼워진 것을 느끼며 주변을 둘러보았다.

패러독스는 돔의 중앙부에 서 있었고 프로페서는 거대한 도끼를 질질 끌며 그 주변을 배회하고 있었다. 그는 패러독스의 작전을 눈치챘는지 간헐적으로 블링크를 사용해 간을 볼 뿐, 직접적으로 공격을 하진 않았다.

대신 패러독스의 공격이 이어졌다.

"얼어라!"

"솟아라!"

쐐애애액!

백종화와 안지혜. 그리고 어느새 회복한 김민희의 원거리 공격이 프로페서를 노리고 쏘아졌고 프로페서는 공격을 피하고 막아내며 계속 기회를 엿보았다.

신혁돈은 프로페서에게 시선을 고정한 채 그가 블링크를 시전하는 순간을 유심히 지켜보았다.

켈라이노의 그것과 비슷하지만 조금 다르다.

켈라이노가 차원 관문을 열어 통과하는 방식이라면 프로페서는 좌표를 지정한 뒤 곧바로 순간 이동을 해버린다.

'파훼법은 있다.'

아주 간단히 블링크를 막을 수 있는 방법이 하나 있다. 프로페서가 블링크를 시전한 순간 그가 도착할 공간에 무기를 뻗고 있으면 된다.

그럼 그의 신체가 순간 이동함과 동시에 무기가 끼어들게 되고 큰 타격을 받게 될 것이다.

문제는 블링크의 도착 지점을 파악하는 방법을 모른다는 것.

그렇기에 신혁돈은 모든 감각을 최대한으로 발동시키며 프로페서의 궤적을 쫓았다.

그때.

파앙!

후우웅!

프로페서가 김민희의 앞에 나타나며 횡으로 도끼를 휘둘렀다. 다리를 다친 것을 알고 있기에 김민희를 노린 것으로 보였으나 안타깝게도 김민희는 '무한한 생명력'의 소유자.

김민희가 어느새 멀쩡해진 다리로 프로페서의 공격을 버텨낸 순간, 그녀의 양옆에 있던 윤태수와 민강태가 검을 휘둘러 프로페서의 양팔을 노렸다.

하나의 팔이라도 잘라낼 수 있다면 저 거대한 도끼를 사용할 수 없을 것이라는 판단에서 나온 행동이었고 꽤나 성공적으로 먹혀들었다.

촤악! 스으으.

"크아!"

자신의 공격이 통하지 않자 당황한 프로페서가 두 번째 공격을 하려는 순간 윤태수의 손이 그의 오른 손목을 깊게 베었다.

일격에 잘라내진 못했지만 반 이상을 잘라냈고 그 탓에 도끼를 놓친 프로페서가 비명을 지르며 블링크를 시전했다.

아쉽게 허공을 가른 민강태는 짧게 혀를 찬 뒤 방어진을 유지했고 그 순간.

'보인다.'

신혁돈의 눈에 블링크의 이동 경로가 보였다.

아주 짧은 순간이었지만 프로페서가 블링크를 시전하는 순간 어디로 도착할지가 보였다. 단 한 번이었기에 확신하긴 아직 이르다.

"상처를 입혀."

신혁돈의 목소리에 길드원들이 곁눈질로 그를 살폈고 무언가를 깨달은 듯한 그의 표정에 고개를 끄덕였다.

방금까자 새카만 피를 뚝뚝 흘리며 덜렁거리던 손목이 블링크 한 번으로 완벽히 치유되어 있었다. 하지만 고통까지 사라지는 것은 아닌지 염소의 코끝이 찌푸려져 있었고 입술이 말려 올라가 네모난 이가 드러나 있었다.

"내 공간에서 나는 죽지 않는다."

프로페서는 자신을 세뇌하듯 낮게 읊조린 뒤 자신을 공격했던 윤태수에게로 달려들었다. 자신을 향해 달려드는 프로페서를 보며 자세를 낮춘 윤태수가 무기를 휘둘렀고 그와 동시에 프로페서가 땅을 박찼다.

하지만 프로페서는 윤태수에게 무기를 휘두르는 것이 아니라 블링크를 시전해 모습을 감추었다.

파앙!

순간 갈 곳을 잃은 윤태수의 눈이 빠르게 주변을 훑으려는 순간.

"위다!"

프로페서가 거대한 도끼로 백종화의 머리를 노리며 떨어져 내리고 있었다.

"실드!"

"솟구쳐라!"

신혁돈의 목소리로 프로페서의 위치를 확인한 두 메이지가 순식간에 마법을 발동시키며 두 개의 배리어를 만들어냈지만 찰나의 시간을 지연시킬 뿐, 공격을 막아낼 수 없었다.

하지만 그 찰나 덕에 김민희가 공간을 비집고 들어와 도끼를 받아낼 수 있었다.

콰아앙!

방패와 도끼가 맞부딪히며 굉음이 터진 순간, 어느새 세뿔 가시벌레의 날개를 펼치고 날아오른 신혁돈의 손에는 불타는 검이 들려 있었다.

워해머에서 검으로 변환시킨 신혁돈은 찰나의 순간 수십 번을 휘둘러 프로페서의 몸에 자잘한 상처를 수도 없이 남겼다.

파앙!

프로페서가 곧바로 블링크를 시전한 순간, 신혁돈은 느낄 수 있었다.

그가 어디로 이동할지가.

'저기다!'

신혁돈이 날개를 펼치며 블링크의 도착 지점에 다다른 순간 프로페서가 아주 조금 더 빨리 등장했다. 기회를 놓친 신혁돈은 아쉬워하는 대신 검을 휘둘러 더 큰 상처를 남겼다.

자신의 위치가 걸리자 당황한 프로페서가 신혁돈의 공격을 몸으로 받으며 다시 한 번 블링크를 시전했다.

파앙!

하지만 블링크는 이미 간파된 상황!

신혁돈은 하늘거북의 힘과 세뿔가시벌레 몬스터 폼을 더해 믿기지 않을 정도의 속도로 날아 블링크보다 빠르게 그의 도착 지점에 다다랐다.

그리고 프로페서가 도착하는 순간에 맞추어 오른손을 뻗었다.

파앙!

"크아아아아!"

프로페서가 나타난 순간, 신혁돈은 오른손이 그의 몸속에 들어간 것을 직감함과 동시에 그의 심장을 쥐어뜯었다. 그러자 염소의 입이 하늘을 향해 벌어지며 우레와 같은 비명이 터졌다.

프로페서가 도끼를 놓침과 동시에 뒷걸음질을 쳤고 그 순간, 신혁돈은 몰맨의 손톱을 발동시켰고 그의 손톱이 길게 자라났다.

푸욱!

신혁돈의 손톱이 아직까지도 펄떡이고 있는 심장을 파고들었고 몇 번 손가락을 움직이자 검지만 한 크기의 에르그 기관이 그의 손에 들렸다.

그 순간.

염소의 눈이 화등잔만 해지며 신혁돈을 향해 달려들었다.

"아… 안 돼!"

마왕의 수하건, 공간을 만들어 그 안에서는 죽지 않는 악마건, 에르그 기관이 없으면 능력을 발휘할 수 없는 것은 매한가지.

도끼마저 내팽개친 프로페서가 손을 뻗었지만 신혁돈의 움직임이 더욱 빨랐다.

그는 에르그 기관을 입에 넣고 씹으며 포식을 발동시켰고 그 순간.

프로페서의 몸이 무형의 충격파를 맞기라도 한 듯 출렁였고 찰나의 시간이 지난 후 거목이 쓰러지듯 그의 신형이 뒤로 넘어갔다.

신혁돈은 에르그 기관을 씹어 삼키며 들고 있던 검을 워해머로 변환시켰다. 그리곤 프로페서의 시체를 향해 걸어간 뒤 머리를 부수었다.

뻑! 뻑! 촤악! 콰드득!

섬뜩한 파육음과 동시에 염소의 머리가 터졌고 신혁돈은
두개골을 부수어 염소의 뿔을 손에 들었다.

그제야 정신을 차린 길드원들이 신혁돈을 바라보며 물었다.

"끝… 난 겁니까?"

"죽지 않는다 했지만 에르그 기관을 먹어버렸으니 되살아나
진 못할 거다. 그래도 아직 모르니 기억을 읽고 오지."

신혁돈이 말을 하며 염소의 뿔 두 개를 윤태수에게 건넸고
윤태수는 두 개의 뿔을 받아 아공간에 넣으며 프로페서의 시
체를 바라보았다.

심장이 뽑히고 머리가 부서졌음에도 불구하고 아직까지 손
과 발의 끝이 꿈틀거리고 있었다. 징그러운 모습에 고개를 돌
린 윤태수는 길드원들에게 시체를 지키자 말한 뒤 신혁돈을
바라보았다.

그사이 신혁돈은 돔의 한구석에 자리 잡고 앉아 기억을 읽
기 시작했다.

*   *   *

단층으로 되어 있었으나 어지간한 3층 높이의 층이 하나로
통합되어 있었다. 높은 천장부터 사방의 벽까지 모두 유리로
되어 있어 바깥 풍경이 그대로 보이는 건물 안.

세 명의 사내와 한 명의 여자가 앉아 있었다.

두 명의 사내는 진중한 표정으로, 한 명은 분개한 얼굴 그리고 한 명의 여자는 따분함을 온몸으로 표현하며 유리 밖을 내다보고 있었다.

건물 밖에는 사람의 손을 탄 것이 분명한 관목이 우거져 있었는데 꽤 높은 높이까지 자라 있어 관목 밖에서는 안을 보기 힘든 구조였다.

지루함을 참지 못한 여자가 하품을 하자 분개한 얼굴을 하고 있던 사내, 가이드가 말했다.

"라쉬드와 프로페서가 패러독스에게 당했습니다."

그의 말에 하품을 하다 찔끔 눈물을 흘린 여자가 답했다.

"여기 그걸 모르는 사람이 있어요? 그런 시답잖은 말이나 하려고 바쁜 사람 부른 거면 난 이만 일어나고 싶은데."

백금색 머리의 여자가 굵게 곱슬거리는 머리칼의 끝을 돌돌 말며 답하자 안 그래도 굳어 있던 가이드의 얼굴이 팍 구겨졌다.

그러자 진중한 표정으로 앉아 있던 사내가 붉은 머리의 여자를 불렀다.

"페인터."

그의 목소리에 페인터라 불린 여자도, 가이드도 입술을 비죽이며 표정을 풀었다. 그들의 모습에 만족했는지 고개를 한 번 끄덕인 사내가 말을 이었다.

"그의 말대로 프로페서와 그의 수족인 라쉬드가 당했네.

그것도 그의 '공간'에서 말이야. 이건 그냥 넘어갈 수 있는 문제가 아닐세."

"룰러, 그건 프로페서가 라쉬드를 잃고 분노를 참지 못한 탓에 급하게 일을 벌여서 생긴 실수입니다. 만약 프로페서가 그분께 받은 진정한 힘을 발휘했다면……"

가이드의 반박에 올백으로 넘긴 검은 머리와 단정한 콧수염, 그리고 굵은 얼굴선을 보는 것만으로 성격을 짐작할 수 있는 중년의 사내, 룰러가 고개를 저었다.

"이미 지난 일을 가지고 이야기해 봤자 달라지는 것은 없네. 지금 자네가 우리를 이곳에 모은 이유는 미래를 대비하자는 것이지 과오를 따지자는 게 아니지 않는가."

가이드와는 달리 논리 정연한 룰러의 답변에 모두가 고개를 끄덕였고 결국 가이드도 고개를 끄덕여 동의할 수밖에 없었다.

가이드는 몇 번이나 고개를 주억거리며 생각을 하다가 룰러와 눈을 맞춘 뒤 물었다.

"그럼… 어떻게 해야겠습니까?"

"나는 가이드도, 페인터도 아닌 룰러일세. 그림을 그리고 계획을 짜는 건 자네들의 몫. 그리고 움직이는 것이 나와 컨커의 몫이지. 그렇지 않은가?"

룰러의 물음에 지금까지 말없이 앉아 있던 유일한 동양인 사내가 짧게 고개를 끄덕였다.

얇은 입술과 날카로운 콧대. 짙은 눈썹과 툭 튀어나온 광대 덕에 신경질적으로 보이는 인상을 가진 사내였다.

"컨커도 동의했으니 자네들이 그림을 그려보게나. 그럼 장단을 맞춰주도록 하겠네."

이번에는 물음이 아니었으나 컨커는 다시 한 번 짧게 고개를 끄덕여 동의했고 그 모습을 본 가이드의 시선이 페인터에게로 향했다.

곱슬거리는 금발을 만지작거리고 있던 여자, 페인터는 멍한 표정으로 가이드와 눈을 마주쳤고 이내 짧은 한숨을 토했다.

"세이비어의 말이 아닌 이상 가이드와 함께하는 건 사양하고 싶은데요."

"그분께서 참석하지 않으셨으니 나의 말이 그분의 뜻이나 마찬가지일세. 굳이 상기시켜 줘야 알겠나? 아니면 내가 그분의 목소리를 받아오길 원하는 겐가?"

진지하다 못해 엄격하게 느껴지는 룰러의 대답에 페인터가 인중을 찌푸리며 고개를 휘휘 저었다.

"정말 싫다."

"누군 좋은 줄 아나?"

둘의 티격대는 모습을 본 룰러가 그들을 다독이듯 말했다.

"자네 둘은 극상성이라 할 정도로 다르지. 그렇기에 완벽한

결과를 창조해 낼 수 있는 어들이고, 그렇기에 그분께서 자네 둘을 페어로 묶으신 거라네. 이번에도 기대하도록 하지."

대화가 끝난 듯하자 컨커가 자리에서 일어섰고 룰러와 눈을 맞추었다. 컨커는 인사를 하듯 눈동자만 까딱인 뒤 유리로 된 건물을 나섰다.

그러자 가이드 또한 자리에서 일어섰고 그의 뒤를 따라 페인터가 일어섰다.

"페인터."

"왜 또 뭐요!"

룰러의 부름에 페인터가 신경질적으로 대답하자 룰러가 인자한 미소를 지으며 말했다.

"의미 없는 살인은 그만두게나."

단순한 짜증만 담고 있던 페인터의 얼굴에 당황이 깃든 것을 본 룰러가 말을 이었다.

"그분의 눈은 항상 자네들을 바라보고 있네."

룰러의 입가엔 미소가 깃들어 있었지만 눈은 차갑기 그지없었다. 그 모습을 본 페인터는 흥 하고 코웃음을 친 뒤 유리로 된 건물의 천장을 올려보았다.

"관음증 변태새끼."

그녀가 나직이 욕설을 뱉은 순간, 카멜레온이 색을 바꾸듯 천장의 색이 변하며 한 사람의 신형이 뚝 떨어져 내렸다.

천장에서 바로 떨어졌음에도 아무런 소리조차 나지 않게

떨어진 사람은 깔끔한 투피스 정장을 입고 있는 흑인 여성이
었다.

특이한 점이라면 머리카락이 한 올도 없었고 대신 그로테
스크한 문신이 가득이 그려져 있었다는 것이다.

흑인 여성은 원래 그곳에 서 있었다는 듯 올곧은 자세로 페
인터의 앞에 서며 말했다.

"말조심해라."

"네 눈이나 조심해. 관음증 변태새끼야. 그 눈을 아무 열쇠
구멍에나 들이밀다가 칼에 찔리기 싫으면 말이야."

"내 이름은 왓쳐다."

"왓쳐? 하긴 그렇게 까만 피부를 가지고 있으면 밤에 누구
훔쳐보긴 딱이겠네."

페인터는 입꼬리를 뒤틀어 올리며 자신의 새하얀 피부와
그녀의 새카만 피부를 번갈아 가리켰다. 그리곤 기분이 나쁠
정도로 큰 웃음을 터뜨린 뒤 건물을 나섰다.

*   *   *

신혁돈이 눈을 뜨자 모든 길드원들의 시선이 그에게로 향
했다. 그는 생각을 정리하는 듯 한차례 눈동자를 굴린 뒤 입
을 열었다.

"호루스의 눈은 총 7명이었다. 프로페서가 죽어 이젠 여섯

이고. 멤버로는 컨커와 룰러. 가이드와 페인터. 그리고 왓쳐가 있고 이들의 우두머리로 세이비어라는 놈이 있다."

"정복자와 통치자, 안내인과 화가, 지켜보는 자와 구세주라… 이름 한번 거창하네."

"개중 가이드와 페인터는 이름 그대로 계획을 만드는 이들이다. 컨커와 룰러는 전투를 담당하고 왓쳐는 그들의 눈을 맡고 있다는군."

대충의 설명이 끝나자 윤태수가 물어왔다.

"혹시 위치도 있었습니까?"

신혁돈은 고개를 끄덕인 뒤, 마저 설명했다.

"자기들끼리 연락하는 방식이 있었다. 쉽게 설명하자면… 마법의 거울 정도 되겠군."

"…예?"

"물건 하나에 마법을 걸어 전화기와 비슷하게 만든다 생각하면 된다. 어쨌거나 그것을 통해 통화했다."

스마트폰으로 모든 것을 할 수 있는 세상에서 마법의 거울이라니. 갈수록 없어지는 현실성에 입을 벌렸던 윤태수는 멍하니 있다가 아, 하고 고개를 끄덕였다.

"그러고 보니 마법의 거울인가 뭔가를 사용하면 보안은 확실하겠습니다. 도청할 방법이 아예 없을 테니."

"그렇지."

그 외에도 수많은 기억이 있었지만 지금 필요한 정보는 호루스의 눈 멤버들의 위치였다. 하지만 이들의 접선 장소는 항상 변했기에 장소를 특정할 수 없었다.

하지만 그들의 이름과 사회적 지위는 알 수 있었기에 문제가 되지 않았다. 신혁돈은 천천히 고개를 끄덕인 뒤 말했다.

"가이드와 페인터부터 잡는다."

어떤 전쟁이던 책사부터 잡는다면 승리할 가능성이 높아지고 이번 전투에서 책사는 가이드와 페인터다.

목표를 정한 신혁돈이 자리에서 일어선 뒤 주변을 둘러보았다.

프로페서는 죽었으나 새하얀 공간은 부서질 기미가 보이지 않았다. 하지만 방법은 있다.

차원 관문 [Rank C, Epic, Active]
—소모되는 에르그 에너지의 양이 대폭 감소되었습니다.

프로페서의 에르그 기관을 포식함과 동시에 차원 관문 스킬의 랭크가 올랐다. 그 외에도 자잘한 상승이 있었으나 지금 주목할 것은 스킬을 사용할 때 소모되는 에르그 에너지의 양이 대폭 감소되었다는 것이다.

신혁돈이 자리에서 일어서자 길드원들의 시선이 집중되었고 그는 공간의 중앙으로 걸어가 양손을 뻗었다.

"차원 관문."

스킬을 발동시킴과 동시에 신혁돈의 몸속에 있던 모든 에르그 에너지가 그의 손을 통해 방출되기 시작했다.

그와 동시에 신혁돈은 프로페서의 기억 속에서 보았던 그의 집무실을 떠올렸다. 그러자 마치 동영상을 보듯 집무실의 모습이 생생히 보였고 집무실 한가운데 생겨나는 차원 관문의 모습이 보였다.

'성공인가.'

어마어마한 양의 에르그 에너지가 소모되고 있긴 했으나 이 정도면 30초 정도는 버틸 수 있다.

사람 하나가 통과될 정도의 차원 관문이 생겨나자 신혁돈이 소리쳤다.

"들어가."

그의 말에 길드원들은 잠깐 망설이다가 힘들어하는 신혁돈의 얼굴을 봄과 동시에 차원 관문을 향해 몸을 던졌다.

지이잉!

세 떨거지가 먼저 넘어가고 그 뒤로 메이지 계열의 각성자들이 차원 관문을 넘었다. 그러자 신혁돈의 머릿속에 보이고 있는 집무실에 그들의 모습이 나타났다.

그들은 집무실을 살피며 주변을 경계했고 그 모습을 본 신혁돈은 고개를 끄덕이며 나머지 길드원들을 차원 관문으로 집어넣었다.

마지막으로 윤태수가 남았을 때.

"시체 챙겨라."

빠르게 차원 관문을 넘으려던 윤태수는 달리던 것을 멈추고 프로페서의 시체를 주워 어깨에 들추어 멘 뒤 차원 관문을 향해 몸을 던졌다.

윤태수의 신형이 차원 관문을 통과한 순간.

지이이이이!

유리에 구슬을 굴리는 것과 비슷한 소리와 함께 차원 관문의 표면이 진동했다. 신혁돈이 곧바로 통과하려는 순간.

집무실에 있던 차원 관문에 표면에 노이즈가 끼며 불투명해졌다. 그와 동시에 신혁돈의 눈앞에 있는 차원 관문 또한 투명한 색을 잃고 흐려졌다.

남은 에르그 에너지는 10%가량.

신혁돈은 이를 악물고선 몸속에 있는 모든 에르그 에너지를 끌어 올려 차원 관문에 때려 박았다. 하지만 차원 관문은 회복될 기미가 보이지 않았고 모든 에르그 에너지를 사용한 순간.

신혁돈의 손에서 푸른 불길이 피어올랐다.

부르지도 않은 수르트의 불꽃이 모습을 드러낸 것이다. 당장에는 수르트의 불꽃에 신경 쓸 여유가 없다.

신혁돈은 자신의 몸을 감싸는 수르트의 불꽃을 보면서도 계속 차원 관문에 집중했다.

그때.

신혁돈의 몸을 감싸고 있던 수르트의 불꽃이 천천히 움직여 차원 관문을 집어삼켰다. 그러자 차원 관문 가득히 끼어 있던 노이즈가 사라졌다.

'지금이다!'

어떻게 된 조화인지는 모르겠지만 수르트의 불꽃이 자신에게 에르그 에너지를 나누어주고 있었다. 신혁돈은 더 이상 생각할 틈이 없었기에 곧바로 불타고 있는 차원 관문을 향해 몸을 던졌다.

찌이이이이!

신혁돈이 차원 관문을 통과함과 동시에 유리가 찢어지는 듯한 불쾌한 소리와 함께 차원 관문이 조각났다.

"헉… 헉……."

모든 에르그 에너지가 빠져나가 손가락 하나 움직일 힘도 없는 신혁돈은 그대로 누워 천장을 올려다보았다.

"형님. 괜찮으십니까?"

신혁돈은 대충 눈만 껌뻑인 뒤 고개를 돌려 자신의 팔을 내려다보았다.

'멀쩡하군.'

온몸을 감싸고 있던 수르트의 불꽃은 차원 관문과 함께 사라져 있었다.

"어떻게 된 건지 모르겠다."

"예?"

"아니다."

신혁돈이 누워서 숨을 고르는 사이 길드원들은 집무실을 둘러보며 혹시 모를 위험에 대비했다.

5분이나 지났을까, 몸을 움직일 정도로 회복된 신혁돈이 자리를 털고 일어난 순간.

"꺄악!"

집무실에 딸린 방 하나를 살피고 있던 김민희가 비명을 질렀다.

*   *   *

유리 건물을 나서자 좌우로 3미터는 될 법한 관목들이 가지런히 자라 있었고, 두 남녀가 그 사이로 난 오솔길을 걷고 있었다.

페인터는 살짝 더운지 치렁거리는 금발을 한 손으로 들어 묶었다. 그 사이로 드러난 목선에 시선을 줄 법도 했지만 가이드는 곁눈질도 하지 않은 채 손에 든 핸드폰을 보며 말했다.

"프로페서와 올마이티가 당했어."

"그래서?"

"룰러가 한 말도 생각해 볼 가치가 있다는 거지. 프로페서는 우리만큼은 아니더라도 나름 계획을 짤 줄 아는 사람이야. 그런 사람이 자신의 공간까지 열고서 당한 만큼 우리도 계획을 세워야……."

가이드의 말이 길어지자 페인터가 얇고 흰 손가락을 휘휘저어 그의 말을 끊었다.

"방금까지만 하더라도 당장 찾아가 목을 잘라 버릴 것 같더니 왜 이렇게 소극적이야? 가이아의 개가 무서워?"

"어쭙잖은 농담 따먹기는 그만하지. 어쨌거나 호루스의 눈 중 하나가 당한 일이다. 조금 더 신중히 생각해."

그녀는 입술을 비죽 내밀고선 한심하다는 듯 고개를 휘휘저었다.

"가이드는 너니까, 알아서 해. 잘나신 가이드께서는 뭐부터 해야 한다고 생각하시는데요?"

"일단 프로페서의 빌딩으로 가지."

"네네."

그녀의 대답이 마음에 들지 않는지 한껏 인상을 찌푸린 가이드가 허공에 대고 거칠게 손을 휘둘렀다.

그러자 그의 손길에 따라 검은 기운이 남았고 곧 검은 기운은 일정한 패턴을 그리며 허공에 녹아내렸다.

일정한 패턴이 두 사람이 들어갈 정도의 크기가 된 순간. 괴물의 아가리가 열리듯 검은 구멍이 허공에 생겨났다.

"아름답지 못해."

"그럼 걸어오던가."

"아름다운 거랑 실용적인 건 왜 공존하지 못하는 걸까?"

그녀의 헛소리가 시작될 기미가 보이자 가이드는 그녀에게서 시선을 뗀 뒤 검은 구멍을 향해 오른 손바닥을 펼쳤다.

그와 동시에 검은 기운이 오른손을 감쌌고 찰나의 순간이 지난 뒤, 그의 오른손은 인간의 것이 아닌, 괴물의 것으로 변해 있었다.

우둘투둘 자라 있는 날카로운 돌기와 기다란 손톱, 그리고 붉은 피부의 손을 한두 번 움직여 본 가이드는 곧바로 검은 구멍을 향해 손을 집어넣었다.

그리곤 손을 빼자 그의 오른손이 달려 있던 자리에는 아무것도 남아 있지 않았다.

"볼 때마다 생각나는 건데 참……."

"좀 닥치지."

"징그러워. 어떻게 자기 몸을 분리해서 하수인으로 쓸 생각을 했지?"

"그분에게 따져보던가."

그분, 세이비어의 이름이 나오자 페인터는 격하게 미간을 찌푸리며 고개를 저었다. 그 모습을 본 가이드는 코웃음을 치며 자신의 하수인, 즉 오른손에 집중했고 그 순간.

"크악!"

가이드가 비명을 지르며 오른팔목을 부여잡았다.

"왜?"

"놈들이 아직 프로페서의 빌딩에 있다."

"네 오른손은?"

페인터의 물음에 가이드의 얼굴이 형편없이 찌푸려졌다. 그의 표정을 확인한 페인터는 특유의 큰 웃음으로 가이드의 기분을 긁어놓았다.

그 순간.

지금까지 아무런 생각이 없어보이던 페인터의 눈에 이채가 서렸다.

"컨커랑 룰러 데리고 바로 넘어와."

말을 남긴 페인터가 가이드가 만들어놓은 구멍으로 몸을 던졌고 홀로 남은 가이드는 자신이 만들어놓은 검은 구멍과 뒤쪽에 있는 유리 건물을 번갈아보았고 결국 유리 건물을 향해 달리기 시작했다.

픽! 픽! 픽!

신혁돈이 김민희가 있는 방에 도착했을 때, 김민희는 아엘로의 창과 방패를 이용해 고깃덩이를 다지고 있었다.

원래의 형체를 알아볼 수 없을 정도로 다져진 고깃덩이를 본 순간, 신혁돈은 마왕의 기운을 느낄 수 있었고 김민희를 향해 말했다.

"그만."

김민희는 거친 숨을 몰아쉬며 흘러내린 머리칼을 쓸어 올렸다. 그리곤 신혁돈을 바라보며 말했다.

"저거… 그 검은 구멍… 그러니까 그 게이트 같은 게 열리더니 갑자기 저게 튀어나왔어요. 무슨 괴물 손 같이 생겼었는데 갑자기 저한테 달려드는 바람에 그만……."

"잘했다."

신혁돈은 김민희를 뒤로 물린 뒤 한쪽 무릎을 꿇고 앉아서 원래는 손이었을 고깃덩어리를 살펴보았다.

새카만 뼈와 붉은 피부, 위로 돋아 있는 돌기를 봐서는 어떤 괴물의 손인지 짐작할 수 없었다. 게다가 마왕과 관련되어 있는 호루스의 눈 일원 중 하나라면 더욱이 알 수 없다.

고깃덩어리에서 시선을 뗀 신혁돈은 아직까지 형태를 유지하고 있는 검은 구멍을 바라보았다. 마치 켈라이노가 사용하던 검은 기운과 비슷하게 생겼으나 조금 더 진화한 느낌의 스킬.

그 순간.

신혁돈의 머릿속에 무언가가 스쳐 지나갔다.

"가이드의 능력."

"네?"

소란에 모여든 길드원들이 무슨 말이냐는 듯 물었고 신혁돈은 수르트의 힘을 발동시키며 말했다.

"가이드. 그의 능력이다. 차원 관문을 열 수 있지."

신혁돈은 말을 하면서 푸른 불꽃에 휩싸인 워해머를 만들어냈고 그와 동시에 검은색 차원 관문을 향해 걸었다.

그 순간.

출렁.

유리처럼 평평하던 차원 관문의 표면이 일렁거림과 동시에 신혁돈이 워해머를 양손으로 쥔 뒤 머리 위로 치켜들었다.

'거리가 좀 짧은데?'

그 모습을 지켜보고 있던 윤태수의 머릿속에 의문이 들었다.

차원 관문을 부수기 위해서는 한 발짝 더 가까이 가서 휘둘러야 워해머의 사거리에 닿는다.

'형님이 그걸 모를 리 없다.'

그렇다는 것은?

'나오는 것을 노리는 거구나!'

게이트가 열렸고 하수인이 당했는데도 게이트를 닫지 않고 있다는 것은 후발대가 있다는 소리. 신혁돈은 그것을 노리는 것이었다.

출렁이던 차원 관문의 표면으로 사람의 얼굴이 나타난 순간. 신혁돈의 워해머가 차원 관문을 향해 떨어졌다.

콰득!

금발의 서양인이 차원 관문을 통과함과 동시에 신혁돈의 워해머가 그녀의 머리를 박살 내버렸다.

얼마나 큰 힘이 담겨 있던 것인지 신혁돈의 위해머는 머리를 박살 내는 것으로 멈추지 않고 몸을 세로로 양단해 버렸다.

끔찍하다 못해 그로테스크한 모습에 김민희는 비명을 지르며 뒤로 물러섰고 길드원들 또한 깜짝 놀라며 몸을 움찔거렸다.

검도 아닌 위해머로 양단이 된 금발의 서양인은 미동도 하지 못한 채 바닥으로 쓰러졌다.

"…맙소사."

"페인터군."

신혁돈은 거기서 멈추지 않고 테이밍 스킬을 통해 도시락을 불렀다.

챙그랑!

투명화 마법을 유지하며 건물 옥상에 앉아 있던 도시락이 40층의 유리창 전체를 박살 내며 건물 안으로 들어오려 했지만 그럼에도 들어오지 못해 몸 크기를 줄인 뒤에야 들어왔다.

그사이 신혁돈은 페인터의 시체를 향해 손을 뻗은 뒤 영혼 포식을 사용했다. 영혼 포식의 랭크가 올라감으로써 굳이 시체를 먹지 않더라도 기억을 흡수할 수 있었기에 한 판단이었다.

기억의 흡수를 마친 신혁돈은 도시락을 향해 말했다.

"먹어라."

신혁돈은 페인터의 시체를 들어 도시락에게 던져주었고 도시락은 한 입에 한 조각씩 총 두 번의 고갯짓으로 양단된 페인터의 시체를 받아먹었다.

"…세상에나."

길드원들이 경악을 하건 말건 신혁돈은 다시 한 번 워해머를 높게 세운 뒤 차원 관문 앞에 섰다.

"방금 그… 시체. 마왕의 하수인이 맞아요. 페인터인지 아닌지는 모르겠지만 일단 마왕의 기운이 프로페서만큼 짙게 느껴졌었어요."

홍서현이 말을 덧붙였지만 길드원들의 얼굴에서는 경악이 가시지 않았다. 아무리 마왕의 하수인이라지만 눈앞에서 사람이 양단되는 모습을 보고 평정심을 되찾기까지 시간이 걸리는 것은 당연했다.

개중 가장 빨리 평정심을 되찾은 이는 윤태수였다. 그는 검은 차원 관문 앞에 선 신혁돈의 옆으로 다가가 검을 뽑아들고 섰다.

만약 나타난 적이 신혁돈의 공격을 피했을 때를 대비하는 것이다. 그러자 다른 길드원들도 조금씩 움직여 공격할 포인트를 찾아 자리를 잡았다.

페인터가 죽을 때 바로 앞에 서 있다 피를 전부 뒤집어쓴 김민희는 몸에 튄 피가 식어가는 것을 느끼며 이를 악물었다.

'내 몸에 튄 피는 인간의 피가 아니다… 마물의, 악마의 피다.'

스스로를 세뇌하듯 입술을 꽉 문 김민희 또한 아엘로의 창을 조종해 검은 차원 관문의 입구를 조준했다.

                    *   *   *

가이드가 다시 유리 건물에 도착한 순간.

건물을 나오고 있던 왓쳐와 룰러가 그를 바라보며 얼굴 가득 의문을 띄웠다. 차원을 넘어 다닐 수 있는 스킬을 가진 가이드가 제 발로 뛰어다니는 모습을 오랜만에 보았기 때문이었다.

그리고 가이드가 룰러의 앞에 도착한 순간.

세 사람은 동시에 페인터의 죽음을 감지했다.

"…뭐가 어떻게 된 거지?"

룰러의 얼굴이 굳었고 그의 옆에 있던 왓쳐 또한 추궁하는 눈으로 가이드를 바라보았다. 하지만 가이드 또한 예상하지 못한 사건에 멍한 얼굴로 뒤를 돌아볼 뿐이었다.

"가이드! 무슨 일이냐 물었다."

룰러의 외침에 정신을 차린 가이드는 비어 있는 오른 소매를 내밀며 이야기를 시작했다.

"일단 프로페서가 사망한 곳에 가서 정보를 얻어보려 했습니다. 페인터라면 어떤 정보라도 얻을 수 있을 것 같다는 생각이 들어서… 그래서 제 오른팔을 보냈고 보낸 순간, 거대한 방패에 의해 부서졌습니다."

"그래서 페인터를 보냈나?"

"아닙니다. 페인터가 '룰러와 컨커를 데려오라'는 말을 남기곤 차원 관문으로 들어가 버렸습니다. 아마 자신이 시간을 끄는 동안 컨커와 룰러를 데려간 뒤 그 자리에서 패러독스를 끝내 버릴 생각을 한 것 같습니다."

"그런데 역으로 당했다……."

프로페서가 죽은 지 한 시간도 지나지 않아 페인터가 당했다. 그것도 차원 관문을 넘은 지 채 1분이 지나기도 전에.

"패러독스는 도대체……."

룰러는 끝까지 말을 잇지 못한 채 가이드를 바라보았고 가이드는 입술을 씹은 뒤 말했다.

"기회는 지금입니다. 페인터를 쉽게 죽인 만큼 저희를 얕보고 있을 게 분명하니 당장 차원 관문을 통해 넘어가서……."

"그게 자네가 생각하기에 최선의 계획인가?"

룰러가 가이드의 말을 끊고 그의 눈을 바라보며 물었다. 가이드는 그렇다 대답을 하려다 다시 한 번 입술을 깨물었다.

이건 너무 감정적인 판단이다. 당장 넘어가는 순간, 생각지도 못한 공격에 한 명이라도 더 당한다면?

그리고 당한 사람이 룰러 혹은 컨커라면?

전투는 진 것이나 다름없다. 아니, 그것으로 끝나지 않고 호루스의 눈 중 세이비어를 제외한 모두가 죽을지도 모른다.

생각을 마친 가이드가 고개를 저었다.

그때, 마치 땅거죽이 솟아나듯 동양인 하나가 땅에서 튀어나왔다.

"컨커."

"룰러, 가이드. 무슨 일인가?"

가이드가 다시 생각에 잠긴 사이 룰러가 컨커에게 설명을 해주었다. 충분히 분개할 만한 상황이었으나 컨커는 아무런 말없이 팔짱을 낀 뒤 가이드를 바라보았다.

아무런 감정이 담기지 않은 눈초리였지만 가이드는 뒷목에 소름이 돋는 것을 느꼈다. 그리곤 깨달았다.

이것은 내가 느낄 공포가 아닌, 패러독스가 느껴야 할 공포라는 것을.

가이드가 입을 열어 말하려는 순간, 컨커가 감정 없는 목소리로 말했다.

"차원 관문을 열어라. 내가 직접 간다."

그의 말에 가이드의 시선이 룰러에게로 향했다. 룰러는 미간을 찌푸리며 컨커를 바라보았고, 컨커는 그와 눈을 맞추며 말했다.

"더 이상 두고 볼 수 없소."

그의 눈에서 결단의 의지를 느낀 룰러는 결국 고개를 끄덕일 수밖에 없었다.

"그렇다면 나도 함께하지."

결국 룰러와 컨커가 함께 가이드를 바라보았고 그들의 시선을 받은 가이드는 고개를 끄덕이는 수밖에 없었다.

『괴물 포식자』 9권에서 계속…

초대형 24시 만화방

신간 100%, 샤워실, 흡연실, 수면실(침대석), 커플석, 세탁기 완비

▪ 시흥 정왕25시점 ▪

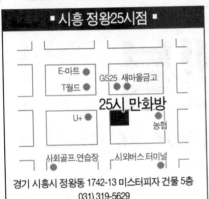

E-마트
T월드
GS25 새마을금고
25시 만화방
U+
농협
사회골프·연습장   시외버스·터미널

경기 시흥시 정왕동 1742-13 미스터피자 건물 5층
031) 319-5629

▪ 강북 노원역점 ▪

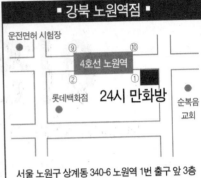

운전면허 시험장
⑨ ⑩
4호선 노원역
②
롯데백화점   24시 만화방   순복음
교회

서울 노원구 상계동 340-6 노원역 1번 출구 앞 3층
02) 951-8324 (화용빌딩 3층)

▪ 일산 정발산역점 ▪

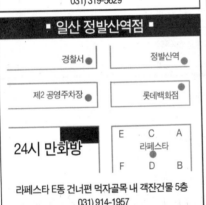

경찰서   정발산역
제2 공영주차장   롯데백화점
24시 만화방
E C A
라페스타
F D B

라페스타 E동 건너편 먹자골목 내 객잔건물 5층
031) 914-1957

▪ 일산 화정역점 ▪

덕양구청
③ ④
화정역
② ①
세이브존
롯데마트   이마트
24시 만화방   화정중앙공원 화정동 성당

경기도 고양시 덕양구 화정동 984번지 서일빌딩 7층
031) 979-4874 (서일사우나 건물 7층)

▪ 부천 역곡역점 ▪

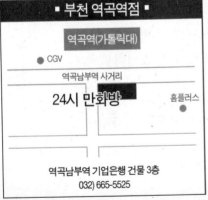

역곡역(가톨릭대)
CGV
역곡남부역 사거리
24시 만화방   홈플러스

역곡남부역 기업은행 건물 3층
032) 665-5525

▪ 부평역점 ▪

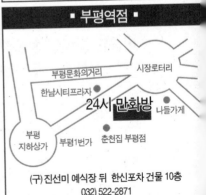

시장로터리
부평문화의거리
한남시티프라자
24시 만화방   나들가게
부평
지하상가   부평1번가   춘천집 부평점

(구) 진선미 예식장 뒤 한신포차 건물 10층
032) 522-2871

FUSION FANTASTIC STORY

텀블러 장편소설

현대 천마록

천하를 호령하고, 전 무림을 통합한
일월신교의 교주 천하랑.
사람들은 그를 천마, 혹은 혈마대제라고 불렀다.

『현대 천마록』

무공의 끝은 불로불사가 되는 것이라 생각했지만
그로서도 자연의 섭리 앞에선 어쩔 수 없었다!

'그렇게 많은 피를 흘렸음에도 불구하고
죽을 때가 되니 남는 것이 없군그래.'

거듭된 고련 끝에 천하랑의 영혼이
존재하지 않게 된 그 순간
그의 영혼은 현세에서 천마로서 눈을 뜬다!

Book Publishing CHUNGEORAM

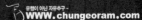

유행이 아닌 자유추구 -
WWW.chungeoram.com

미러클 테이머

인기영 장편소설

FUSION FANTASTIC STORY

MIRACLE TAMER

이계로 떨어져 최강, 최고의 테이머가 되었다.
그러나… 남은 것은 지독한 배신뿐.

배신의 끝에서 루아진은 고향, 지구로 되돌아오게 되는데…….
몬스터가 출몰하기 시작한 지구!
그리고 몬스터를 길들일 수 있는 테이머 루아진!
그 둘의 조합은……?

『미러클 테이머』

바야흐로 시작되는
테이머 루아진과 몬스터들의 알콩달콩한
대파괴의 서사시!!

Fusion Publishing CHUNGEORAM

유행이 아닌 자유추구 -
WWW.chungeoram.com